琼 瑶

作 品 大 全 集

梦的衣裳

琼瑶 著

作家出版社

琼瑶，本名陈喆，作家、编剧、作词人、影视制作人。原籍湖南衡阳，1938年生于四川成都，1949年随父母由大陆赴台生活。16岁时以笔名心如发表小说《云影》，25岁时出版首部长篇小说《窗外》。多年来笔耕不辍，代表作包括《烟雨蒙蒙》《几度夕阳红》《彩云飞》《海鸥飞处》《心有千千结》《一帘幽梦》《在水一方》《我是一片云》《庭院深深》等。

多部作品先后改编成为电影及电视剧，琼瑶也因此步入影视产业。《六个梦》系列、《梅花三弄》系列、《还珠格格》系列等，影响至深，成为几代读者与观众共同的记忆。

琼瑶以流畅优美的文笔，编织了众多曲折动人的故事。其作品以对于梦的憧憬和爱的执着，与大众流行文化紧密结合，风靡半个多世纪，成为华文世界中极重要的文学经典。

我為愛而生，我為愛而寫

文字裡度過多少春夏秋冬

文字裡留下多少青春浪漫

人世間雖然沒有天長地久

故事裡火花燃燒愛也依舊

　　　　　　複禄

第一章

陆雅晴在街上闲荡。这绝不是一个适宜压马路的日子，天气好热，太阳好大，晒得人头昏昏，脖子后面全是汗。偏偏这种不适宜出门的下午，却又有那么多的人不肯待在家里，都跑到街上来穿来穿去，把整个西门町都挤得人碰人、人挨人，连想看看橱窗都看不清楚。真搞不懂这些台北市的人，好端端的为什么都从家里往外跑？总不成每个人都像她一样，家里有个和她同年龄的"继母"？唉！想起李曼如，陆雅晴就忍不住叹了口气。曼如不是坏女孩，她善良真挚聪明而美丽。问题只在于，天下漂亮的小伙子那么多，她都不嫁，偏偏选择了雅晴的父亲。这时代是怎么啦？少女不爱少男，却爱中年男人。可是，话说回来，这也不能怪曼如，父亲才四十二岁，看起来顶多三十五，又高又帅又文质彬彬。有成熟的韵味，有人生的经验，有事业的基础……难怪曼如会为父亲倾倒，不顾家人的反对，毅然决然地嫁进陆家。对父亲来说，这婚姻是个充满柔情蜜意、炽烈热情的第二个春天，因为他已经整整鳏居八年了。可是，对雅晴来说，却有一肚子苦水，不知能向何人诉说。

　　家里忽然多了个"小妈妈"，小到当雅晴的姐姐都不够大。她连称呼李曼如都成了问题，当然不能叫妈妈，叫阿姨也不成，最后变成了没有称呼，见了面彼此"客客气气"地瞪眼睛虚伪地强笑，然后没话找话说。父亲在场的时候更尴尬，曼如常常忘形地和父亲亲热，雅晴看在眼里，说有多别扭就有多别扭。父亲注意到她的"别扭"，就也一脸的不自在。忽然间，雅晴就了解到一件事实，以前父女相依为命的日子已成过去，自从曼如进门，她在家里已成多余。这个家，她是再也待不下去了。雅晴并不怪父亲，也不怪曼如，不知从何时开始，雅晴就成了个"宿命论者"。她相信每人都有自己的命运，你斗不过命。而且，在心底，她虽然懊恼父亲的婚姻，却也有些同情父亲和曼如。她知道他们两个都急于要讨她的好，又不知从何着手。她知道父亲对她有歉意，其实是不必的。曼如对她也同样有种不必要的歉意。不管怎样，这种情绪上的问题使他们越来越隔阂，也越来越难处了。

　　这个家，是再也待不下去了。尤其，发生今天的事以后。今天的事是怎样发生的呢？

　　陆雅晴停在一家服装店的橱窗外面，瞪视着橱窗里几件最流行的时装。她微歪着头，心不在焉地沉思着。她手里拎了个有长带子的帆布手袋，橱窗里也有这种手袋，和衣服配色应用。感谢父亲在事业上的成功，使她的服装用品也都走在时代的前端。真的，感谢！她咬咬牙蓦然把手袋用力一甩，甩到背上去。手袋在空中划了个小小的弧度，打在后面一个人的身上，才落在自己的肩头。后面的人叽咕了一句什么，她回头看看，轻蹙着眉，那是个好年轻的男人！她把已到嘴边的道歉又咽了回去。没好气地猛一甩头，男人看什么女人服装？是的，今天的事就出在女人的服装上。

父亲去欧洲一星期，今晨才到家，箱子一打开，雅晴已经习惯性地冲过去又翻又挑又看，一大堆真丝的衬衫和肩头吊带的洋装使她欣喜若狂，她抱起那些衣服就大喊大叫地嚷开了："爸！你真好！你的眼光是第一流的！"

空气似乎凝固了。她猛然抬头，才发现父亲又僵又古怪的表情，和曼如那一脸的委屈。突然，她明白了。今年不是去年，不是前年，不是以往那许许多多父亲出国归来的日子。这不是买给她的！顿时间，她觉得一股热潮直冲上脸庞，连胸口都发热了。她仓促地站起身，抛下那堆衣服，就直冲进自己的卧室。她听到父亲在身后一迭声地呼喊着：

"雅晴，是给你的呢！怎么啦？真的是给你的呢！爸给你挑的呢！"如果父亲不这样"特别"地解释，她还会相信总有几件属于自己，但是，父亲越说，她越不愿去碰那些衣服了。尤其，曼如是那样沉默在自己的委屈中。她几乎可以代曼如"受伤"了，"受伤"在父亲这几句情急的"呼喊"里。一时间，她为自己难过，为曼如难过，也为父亲难过了。

总之，这个家是再也不能待下去了。

她凝视橱窗，轻叹了口气。这个游荡的下午，她已经不知道叹了多少声气了。太阳已渐渐落山，暮色在不知不觉间游来，她用手指无意识地在橱窗玻璃上画着，觉得无聊透了。橱窗玻璃上有自己面孔的模糊反影，瘦削的瓜子脸庞，凌乱的披肩长发，格子长袖衬衫……她瞪视着这个反影，突然怔了怔。有件事吸引了她的注意力，在自己的反影后面，有另一张脸孔的反影，模糊而朦胧，一张男人的脸！她想起刚刚自己用手袋打到的那个人，是同一个人吗？她不知道。怎么会有男人看女人服装看得发了痴？这时代神经病多，八成他精神有问题，自己也站得腿发酸了，是不是精神也有问题呢？走吧！总不成对着这几件衣服站到天黑。

她转过身子，沿着成都路，继续向前走去。慢吞吞地，心不在焉地，神思恍惚地。一只手懒洋洋地扶着手袋的背带。那带子总往下滑，自己的肩膀不够宽。她又把手袋一甩，背在背上，用大拇指勾着带子。有家书店的橱窗里放了一本书《第二个春天》，哈！应该买来送给爸爸，她停下了，望着那本书傻笑。忽然，她再度一怔，橱窗玻璃上，又有那张年轻男人的脸孔！你被跟踪啦！她对自己说。她耸了耸肩，并不在乎，也不惊奇。从十六岁起，她就有被男孩子跟踪的经验，也曾和那些男孩打过交道。经验告诉她，这种当街跟踪女生的人都是些不务正业的小混混，这种钓女孩子的方法已经落伍了。傻瓜！她瞪着玻璃上的反影，你跟错人啦！

她继续往前走。开始留心背后的"跟踪者"了。是的，那人在她后面，保持着适当距离，亦步亦趋着。她故意转了一个弯，站住。那人也转了个弯，站住了。无聊！她又往前走，听着身后的脚步声。然后，她放快了步子，开始急走，前面有条小巷，她钻了进去，很快地从另一头穿出来，绕到电影街前面去。她再走几步，回头看看，那男人不见了。她抛掉了他！电影街灯火辉煌。霓虹灯在每家店铺门口闪亮。怎么？天都黑了，夜色就这样不声不响地来临了。她觉得两条腿又酸又痛，夜没有带来凉爽，地上的热气往上升，似乎更热了。她又热又累又渴，而且饥肠辘辘。前面有家名叫"花树"的西餐厅，看样子相当豪华。她决定要奢侈一下，反正是用老爸的钱。她已经牺牲了豪华的欧洲服装，总可以享受一下豪华的台北西餐吧！她走进"花树"，在一个角落的位子上坐了下来。这儿确实相当豪华，屋顶上有几千几百个小灯，像一天璀璨的星辰，使她想起一本名叫《千灯屋》的小说。她靠在软软的皮沙发里，望着菜单。然后，她狠狠地点了牛尾汤、生菜沙拉、菲力牛排、咖啡、奶油蛋糕，和一大杯冰淇淋。那侍者用好奇的眼光一直打量她，她用手托着下巴，仰望着那侍者，用清脆的声音问："你没有遇到过不节食的人吗？"

那侍者笑了，说："希望能天天遇到。"侍者走了。她仰靠在沙发中，放松了四肢。抬头望着屋顶上那些成千成百的小灯。奇怪，这儿有千盏灯，室内的光线却相当幽暗，光线都到哪儿去啦？她张望了半天，也没发现什么原因，低下头，她的目光从屋顶上转回来，蓦然间，她吓了一跳，有个男人正静悄悄地坐在她对面空着的位子上。

她睁大眼睛瞪视着面前这个陌生男人。还来不及说话，侍者又过来了。那男人没看菜单，唇边漾起一丝微笑，他对侍者说："你碰到第二个不节食的人了。我要一份和她一模一样的！"侍者走开之后，雅晴坐正了身子，挺了挺背脊。她开始认真地仔细打量对面这个人。她不能确定他是不是在街上跟踪她的那个家伙，因为，他绝不像个"不务正业"的"小混混"。他五官端正，眼睛深邃而鼻梁挺直。他有宽宽的额和轮廓很好的下巴，大嘴，大耳，宽肩膀，穿着一身相当考究的深咖啡色西装，米色衬衫，打着黑底红花的领带。他看来大约有二十四五岁，应该过了当街追女孩子的年龄。他浑身上下，都有种令人惊奇的高贵与书卷味。连那眼睛都是柔和而细致的，既不灼灼逼人，也不无礼。虽然，他始终一瞬也不瞬地盯着她，但他那眼睛里的两点光芒，竟幽柔如屋顶的小灯。她愕然了，微张着嘴，几乎说不出话来了。那男人静静地坐着，唇边仍然带着那丝微笑，很仔细、很深沉地望着她，眼底凝聚着一抹奇异的、研判的味道，仿佛想把她的每个细胞都看清楚似的。他并没有说话，她是惊讶得说不出话来。他们就这样彼此对视着，直到侍者送来了牛尾汤。

"吃吧！"他开了口，声音低柔而关怀，颇富感情，"一个下午，你走遍了台北市，应该相当饿了！"

噢！原来他就是跟踪她的那家伙！"你跟踪了我？"她明知故问，语气已经相当不友善，她的眉毛扬了起来。"是的。"他坦然地回答，在他那温和高贵而一本正经的脸上，丝毫看不出他对"跟踪"这件事有任何犯罪感或不安的情绪。"跟踪了多久？"她再问。

"大概是下午三点多钟起，那时你走上天桥，正对一块电影看板做鬼脸，那电影看板上的名字是《我只能爱一次》。你对那看板又掀眉毛又瞪眼睛又龇牙咧嘴，我想，那看板很惹你生气。""哦？"她掀起了眉，也瞪大了眼，可能也龇牙咧嘴了，"你居然跟了我那么久！你有什么发现吗？"

"发现你很苦恼，很不安，很忧愁，很寂寞，而且，你迷茫失措，有些不知何去何从的样子。"他停住，拿起胡椒瓶，问，"汤里要胡椒吗？"她抢过胡椒瓶来，几乎把半瓶胡椒都倒进了汤里。她很生气，非常生气，因为这个莫名其妙的陌生人竟把她看得透透的。她一面生气，就一面对汤里猛倒胡椒粉。直到他伸过手来，取走了她手里的瓶子。他静静地看了她一眼，就从容不迫地把她面前的牛尾汤端到自己面前来，把自己那盘没有胡椒粉的换给了她，说："我不希望你被胡椒粉呛死。"

"我倒希望你被呛死。"她老实不客气地说。

"如果我被呛死，算是我的报应，因为我得罪了你。"他安详地说，又仔细地看了她一眼，就自顾自地喝起那盘"胡椒牛尾汤"来。"你生气了。"他边喝边说，撕了一片法国面包，慢吞吞地涂着牛油，"有没有人告诉过你，你生气的时候表情非常丰富？""有。"她简短地答。"是吗？"他有些惊奇。

"你告诉过我，"她喝着汤，瞪圆了眼睛鼓着腮帮子，"你刚刚说的，什么又掀眉又瞪眼又龇牙咧嘴的！"

"噢！"他笑了。那笑容温文儒雅而又开朗，竟带着点孩子气。她注视他，心里乱糟糟的。老天，这算什么鬼名堂？

自己居然会坐在西餐厅里和一个陌生的"跟踪者"聊起天来了。

"这是你第几次跟踪女孩子？"她没好气地问。

"第一次。""哈！"她往后仰，"第一次！你认为我会相信？"

"我没有要你相信。"他说，递给她一片涂好牛油的面包，"吃一片面包？"她接了过来，开始吃，眼光就离不开面前这张脸孔。不知怎的，虽然她气呼呼怒冲冲的，她却无法对这个人生出任何反感。因为他看来看去，就不像个坏人。或者，所有"坏蛋"都会有个漂亮的外壳，你不敲开蛋壳，是看不到内容的。

"为什么要跟踪我？"她又问了句傻话，才问出来就后悔了，她预料，他会回答：因为你很漂亮，因为我情不自已，因为你寂寞而又哀愁，因为……

"因为你生气的那副怪相，"他说了，在她的愕然和惊讶中说了，"因为你走路的姿态，还有你说话的声音，你甩手袋的习惯，你的长相，以及你这副修长的身材。""哦？"她皱眉，"你这算是恭维我吗？"

"我没有恭维你。"他坦率地说，坦率而真诚，"你长得并不很美，你的眉毛不够清秀，嘴巴不是樱桃小口，下巴太尖，但是你的眼睛生动灵活而乌黑，这对眼睛是你整个脸孔的灵魂。唉！"他深深地叹了口气，靠进沙发深处，他眼中浮起某种奇异的哀愁。"仅仅是这对眼睛就足以弥补其他一切的不足了。"她瞪着他，刚送上来的牛排都忘了吃了。

"你到底是什么人？画家？雕刻家？你在找模特儿吗？"

"看样子，"他一本正经地说，"是我们彼此介绍的时候了。"他从上衣口袋中取出一张名片，从餐桌上推到她面前。

她取过来，看到上面的头衔和名字：

华广传播公司总经理桑尔旋

电话：×××××××

传播公司总经理！真相大白，原来他在物色广告模特儿！桑尔旋，好古怪的名字。"我有个哥哥，名字叫桑尔凯，"他静静地开了口，好像读出了她的心事，"我是弟弟，只好叫桑尔旋，我父母希望我们兄弟代表凯旋。但是，单独念起来，我的名字像是跳快华尔兹。""怎么呢？"她不懂。"尔旋，就是'你转'，叫你一直转，岂不是跳快华尔兹舞。"她忍不住笑了。他怔了，紧盯着她。"怎么啦？"她问。"第一次看到你笑。"他屏息地说，"你笑得很动人。"他迷惑地注视她。她收起笑，腮帮子又鼓了起来。

"动人吗？"她冷哼着，"像蒙娜丽莎？呃？"

"我从不觉得蒙娜丽莎的笑动人，"他诚挚地说，"但是你的笑很动人。"她移开眼睛闷着头吃牛排。心里有个警告的小声音在响着：这是个厉害角色！这是个陷阱，躲开这个人物，他会绕着弯恭维人，会用眼睛说话，有张年轻的脸庞，却有成熟的忧郁，忽而轻快，忽而沉重……这个人是危险的！什么传播公司，搞不好根本是个色狼！

"能告诉我你的名字了吗？"他终于问了出来。

她抬起头，冷静地看着他。

"不能。"她简单地回答。

他点点头。"在我意料之中。"他说，"你的保护神在警告你，我不是个好人。当街跟踪女孩子，说些莫名其妙的傻话，来历不明而行动古怪，这种人八成是个色狼，要不然就是个神经病！总之，不是个正派人物，你的保护神要你躲开我。或者，"他微侧着头，眼底，有抹孤傲的、萧索的哀愁，这哀愁和他的儒雅温和糅在一起，竟使他有种震撼人的力量，"你确实应该躲开我。"她震动而惊愕。"你一直有这种能力吗？"她问。

"什么能力？""你能读出别人的思想。"

"这是推理，不是能力。如果我是你，我不会去理会一个跟踪我的陌生人。"她凝神片刻，觉得简直被这家伙蛊惑了。

"你——"她吞吞吐吐地问了出来，"到底跟着我干什么？你的传播公司要拍广告片吗？你要找广告模特儿吗？说实话，我不认为我是什么国色天香，能够上镜头的。"

他盯着她。"告诉我你的名字。""不。""告诉我你的名字。"他再说了一遍。

"不。""告诉我你的名字！"他说第三遍。

她睁大眼睛困惑地瞪着他。

"我的名字对你有什么重要性？"她生气地问，因为她几乎脱口说出了自己的名字。

"重要的不是你的名字，而是你的人，"他说，"如果你一定不告诉我你的名字，我会帮你取个名字。我要叫你——桑桑。"他眼底那幽柔的光芒闪烁了一下。

"桑桑？"她迷惑地问，"为什么是桑桑？"

"因为我姓桑，桑桑是个美丽而可爱的好名字！"

她瞪着他。"我为什么要姓你的姓？"她气呼呼的，这家伙根本在占她便宜，"我不叫桑桑。""我愿意叫你桑桑。"他沉静地说，声音里带着点儿微颤，"我说过，这是个好名字。"

"随你爱怎么叫就怎么叫，反正我们不会再见面！"她推开了牛排，不想再等甜点和冰淇淋了，"你让我倒胃口，我要走了，如果你是个君子，不许再跟踪我！"

"我不再跟踪你，"他注视她，眼底的光芒闪烁得更亮了，他的声音温柔沉静亲切而感人，"但是，明天的这个时候，我会在这儿等你，我请你吃晚餐。"

"我不会来的！"她肯定地说。

"你会来的。"他温和地接口。

"我不来，不来，不来，一定不来！"她站起身子，把手袋甩在背上，一迭声地嚷着，气得又掀眉又瞪眼。

他坐着不动，深深地凝视她。

"随便你。"他说，"你有不来的自由，但是，我有等你的自由！""你等你的吧！我反正不来！"她招手要算账。

"不用付了，我早已付过了。"

她再瞪他，神经病！掉转身子，她往门口冲去。你爱付账，就让你付吧！她才举步，就听到他平静而稳定的声音，轻柔地说："明天见！桑桑！"见你的大头鬼！她想。快步地，她像逃避什么灾难似的，直冲到门外去了。冲了老远，她还觉得，他那对深刻的眼睛正带着洞穿的能力，在她背后凝视着她。

坦白说，陆雅晴是真的不想再去"花树"的。她也真的不想再见那个神经病的。如果不是这天一早就又出了件令她无法忍受的事情，逼使她再度逃离自己那个"温暖"的家，再度变成了不知何去何从的流浪者。

一清早，其实，是早上十点多钟了，自从她从五专毕业以后，又没找到适当的工作，她既不上学，又不上班，就养成了早上睡懒觉的习惯。起床后，打开衣橱，她才发现，自己的衣橱里挂满了新装，那些父亲从欧洲带回来的衣服！一时间，她愣了好一会儿。忽然间，就有种被施舍似的感觉，谁要这些衣服？谁要这些不属于她的东西？她的自尊受了伤，她被侮辱了。顿时，她连想也没想，就取下那些衣服，连衣钩一起抱着，直冲向父亲和曼如的卧房。

必须和曼如好好地谈一次，她想着。父亲应该已经去上班了，正好利用这时间，和曼如开诚布公地弄个清楚，以后她们两个在这家庭里到底要怎么相处下去。曼如的房门虚掩着，她没敲门，就无声无息地走进了曼如的房间。

怎么知道父亲居然没去上班呢？怎么知道曼如正哭得像个泪人儿，而父亲抱着她又亲又吻又低声下气在赔不是呢？她进门的一刹那，只听到父亲正在说：

"都算我不好，你别生气，想想看，雅晴也二十岁了，她迟早要嫁人的……"她一任衣钩衣服铿铿锵锵地滑落在地毯上，父亲蓦然抬头，脸色因恼羞成怒而涨红了。曼如像弹簧般从父亲怀里跳起来，直冲到浴室里去了。父亲瞪着她，连想也没想，他就恼怒地吼了起来：

"你进来之前不懂得先敲门吗？"

她站着，定定地望着父亲。陆士达，你一直是个好父亲，但是，有一天，你的亲生女儿也会变成你的绊脚石，你必须把她打发开去，因为她不懂得敲门，因为她成为你和你那"小妻子"之间的烦恼！她没说话，转过身子，她僵直地往门口走，背脊挺得又直又硬。立即，父亲惊跳了起来，一下子拦在房门口。"雅晴，"他凝视她，沙哑地说，"我们该怎么办？告诉我，我该怎么对待你？"泪水一下子就往她眼眶里冲去。我不能哭。她告诉自己。父亲有一个泪人儿已经够了，不能再来第二个。她抬头看着陆士达，眼眶湿湿的。她的声音稳定而清晰：

"我会在最短期间内，找一个工作，或者，找一个丈夫。"

陆士达怔了怔，他的脸色愁闷而烦恼。

"你知道我没有这个意思。"

"我知道你——左右为难，我知道你——无可奈何。好在，"她耸耸肩，"有时，命运会安排一切。再说，李曼如要和你共度一生，我呢？"她侧着头沉思，"毕竟要去和一个未知数共度未来的岁月。所以，快去安慰她吧！"

她转身就向外走，这次，陆士达没有拦住她，只望着她的背影发怔，她已经走了好几步，才听到父亲在说：

"雅晴，这个周末，我们俱乐部开舞会，我希望你也去。"

她的背脊更僵硬了。她有个最大的本能，每当有什么事刺激了她，她的背脊就会变得又僵又硬。就像蜗牛的触须碰到物体时会立刻缩起来一般。她了解陆士达参加的那种名流俱乐部，里面有的是贵公子哥儿和有名的单身汉。陆士达就是在这个舞会中认识曼如的。

她回头看着父亲，一个略带讥讽性的微笑浮在她的嘴角，她低声地问："里面有第二个陆士达吗？"

父亲的脸色变白，她立即后悔了。她并不想刺伤父亲，真的。她只是要保卫自己，她不想被父亲"安排"给任何男人！她深抽了口气，很快地说了句：

"对不起，爸。请你让我自己去闯吧！我答应你！——"她的鼻子有些堵塞，"我会努力使自己不这么惹人讨厌，也会努力给自己找条出路。""雅晴！"父亲喊。她已经很快地跑开了。

结果，这晚，她来到了"花树"。

她来"花树"有好几个理由。第一，她认为这个姓桑的男孩子可能对她有好感，如果在父亲的俱乐部中物色男友，还不见得有姓桑的条件。第二，或者桑尔旋需要一个模特儿，不管自己是不是模特儿的材料，有个工作总比没有好。第三，她很无聊，和桑尔旋见面是一种刺激。第四，她始终没弄清楚桑尔旋跟踪她的原因到底是什么，借此机会弄弄清楚也好。第五……噢，不管有多少冠冕堂皇的理由，最有力的一个理由是：那个姓桑的神经病硬是有股不容人抗拒的吸引力，她竟渴望这个晚上的来临了。她走进"花树"的时候，正是

"花树"宾客满堂的时间。她往那角落一望，桑尔旋已经来了，正独自坐在那儿，燃着一支烟，在慢吞吞地吐着烟，他脸上有种镇静和笃定的神情，好像算准她一定会来似的。这使她很生气，但是，想想，自己确实是来了，不是吗？她就反怒为笑了，她很想嘲弄自己一番：嗨！"一定不来"小姐，欢迎你"来了"！

桑尔旋礼貌地站起身来，看着她坐下去。她把手袋抛在沙发中，双手的肘部搁在桌面，用两只手托着下巴，一瞬也不瞬盯着桑尔旋。他换了一身衣服，很随便的一件红色T恤，浅米色西装裤，使他看来更年轻了。奇怪，他穿便装和他穿西装一样挺拔。挺拔？她怔了怔，想起他刚刚站起身的一刹那，她已经注意到他身材的挺拔了。

"还要牛排和牛尾汤吗？"桑尔旋问，没有寒暄，没有惊奇，仿佛和她是多年老友似的，这又使她生气，她闪动睫毛，转了转眼珠，隔壁桌上有个孤独的女客，正在吃一盘海鲜盅。她来不及说话，桑尔旋已注意到她的眼神了，立即问：

"要海鲜盅？"你反应太快了！你思想太敏捷了！你使人害怕！但是，你也是吸引人的！她想着，犹疑地看看桑尔旋，再看看那海鲜盅，不知道该点什么。隔壁的女客发觉了他们的对白，她忽然抬头对她一笑，热心地说：

"海鲜盅很好，又免掉了刀啊叉啊的麻烦。"

这倒是真的，她对那女客感激地一笑。你也孤独吗？她想，注意到那女客早已步入中年，微胖的身材，圆脸，慈祥的笑，高贵的风度，眼尾的皱纹……大约有四十多岁了。她想，有部电影叫《女人四十一枝花》，就专为你这种孤独的中年女性拍的，不必急，说不定有天你会遇到一个爱你的二十岁小伙子！就像陆士达会碰到个二十岁的小女生似的，时代在变哪！什么怪事都可能发生！

"喂，桑桑，"桑尔旋在喊了，"你到底要吃什么？我发现你经常魂不守舍！""答对了。"她说，"在学校里，老师们都叫我'神游'小姐，我的思想专门云游四海。"

"学校？"桑尔旋微微一愣，"我看不出你在什么学校念书。""毕业了。"她脱口而出，已忘了要对这陌生人"防范"了，"去年就毕业了，你猜我学什么？大众传播，正好是你那行，很巧吧？""很巧。"他正色地点头，浓浓地喷出一口烟，"遇到你就很巧。"她不笑了，靠进沙发里。她又开始生气，告诉他这些干吗？他又没聘请你当职员，你就迫不及待地要送上履历表了？

"海鲜盅吗？"他再问，耐心地。

她回过神来。"海鲜盅和咖啡。""不要别的？""我今天胃口不好。"她说。

"希望不是我倒了你的胃口。"他微笑了一下，为她点了海鲜盅和咖啡，他自己也点了同样一份。

"你永远点别人一样的东西吗？"她惊奇地问。

"不。我只是不想再为点菜花时间。"

"看样子，你的时间还很宝贵吗？"她嘲弄地问。

"是的。"哈！当街追女孩子的人竟说他时间宝贵，她几乎要嗤之以鼻了。掀了掀眉毛，她瞪视着面前这个男人，在烟雾后面，他的脸有些朦胧，他的眼睛深不可测，突然觉得这个人有些神秘，像个谜。他绝不是个单纯的"跟踪者"，他有某种目的。或者，他已经知道她是陆士达的独生女儿，而想绑架她。电影里常有这种故事。那么，你就错了！我爸现在巴不得有人绑架我，最好绑得远远的，免得碍他的事。

"你又在想什么？"他问。

她一惊，不假思索地回答：

"想你。""哦？"他熄灭了烟蒂，海鲜盅来了。他一面吃，一面问："想我的什么？""你的目的。"他抬头深深地看了她一眼，说：

"我会告诉你我的目的，你先吃东西好吗？"

她吃着海鲜盅，味道不坏，她转头对隔壁的"推荐者"笑了笑。那女客仍然孤独地坐着。唉，孤独！孤独是人类最大的敌人，她希望自己四十岁的时候，不要一个人孤独地坐在西餐厅里。"你有没有精神集中的时候？"桑尔旋忽然问。

她瞪着他。"我没有对你集中精神的必要。"她气呼呼的。

"又生气了？""我生气的时候表情丰富。"

他推开了食物，又燃起一支烟。他的神情忽然变得非常严肃，非常正经，非常凝重，他沉声说：

"我希望你的精神能够集中几分钟，因为我想告诉你一个故事。""噢！"她叫着，"你跟踪了我半天，为了要告诉我一个故事？""是的。"她歪着头看他，被他的"严肃"震慑住了。突然，她觉得他并不是开玩笑，他不是那种游戏人生的人。他真有某种目的！她拂了拂额前飘落的一绺短发，推开了已吃完的海鲜盅。侍者送上了咖啡，她啜了一口，坐正身子，扬起睫毛，定定地望着桑尔旋，她一本正经地说：

"开始吧！我在听。希望你的故事讲得动人一点，否则我会打瞌睡。"他用双手扶着咖啡杯，让香烟在烟灰缸上空烧着。一缕袅袅的烟雾轻缓地向上升，扩散在那千盏小灯的星丛里。他望着她，眼底又闪烁着那两簇幽柔的光芒，他的神色，在郑重中带着抹哀愁，儒雅中带着股苦涩，在这表情下，他那孩子气的脸就又变得成熟而深刻了。

第二章

"这是个大时代中的小故事，我尽量把它说得简短。"他开了口，声音是不疾不徐的，从容不迫的。"有一个老太太，她有四个儿子一个女儿。当她的小女儿才一岁大，丈夫去世，她守了寡。她开始倾全力抚养她的五个儿女，让孩子们慢慢长大。老大二十二岁那年，正是战争如火如荼的时候，他从了军，一年后死在战场上。老二进了空军，在一次战役里机毁人亡。老三是在十万青年十万军的号召中投笔从戎的，其实那年他还只是个孩子，他失了踪，有人说是死了，有人说是被日军俘虏了，反正，他从没有回来过。"

她的精神真的集中了，而且竟轻微地打了个冷战，她觉得手臂上的皮肤在起着鸡皮疙瘩，她用手轻轻地抚着胳臂，这餐厅中的冷气好像太冷了。

"老太太几年中失去三个儿子，她几乎要疯了，但是，中国女性的那种韧性和她自己的坚强迫使她不倒下去，何况，她还有个小儿子和稚龄的女儿。一九四九年，她带着这仅有的一子一女来台湾。这个儿子终于在台湾成家立业，娶妻生子，他先后生了两个儿子一个女儿，老太太总算有了孙子和孙女。这个儿子很争气，他创下了一份事业，成为商业界巨子，老太太认为她的晚年，总可以享享福了，谁知这儿子带着太太去美国参加一项商业会议，飞机在从纽约飞亚拉巴马的途中出事，据说是一只小麻雀飞进了引擎，整个飞机坠毁，全机没有一个人生还。老太太失去了她最后一个儿子。"

他停了停，把那冒着烟的烟蒂熄灭了，轻轻地啜了一口咖啡，他的眼神回到她的脸上，专注地盯着她的眼睛。她深吸了一口气，有种窒息似的感觉。

"老太太失去这最后一个儿子的时候，她的孙子们分别是十七岁和十六岁，孙女才只有十岁。她没有被这个严重的打击击倒，要归功于她那始终没结婚的女儿，那女儿从小看多了死亡，看多了母亲的眼泪和悲伤，发誓终身不婚，来陪伴她的母亲。老太太又挺过去了，她要照料孙子们，还有那个又美丽又动人又活泼又任性的小孙女。一年年过去，孙子们也大了，老太太更老更老了，她生活的重心，逐渐落在那个小孙女的身上，小孙女的一颦一笑一言一语一举手一投足都使老太太开心。两个孙子长成后有了自己的事业，女孩子却比较能够依依膝下。但是，小女孩会变成少女，少女就会恋爱，这孙女的血统里有几分野性，又有几分柔性，她是个矛盾而热情的女孩。十九岁那年她爱上一个男孩子，这恋爱遭到全家激烈的反对，反正，这引发了一场家庭的大战。而这时候，这家庭中最有力量说话的人就是老太太的长孙，他采取了隔离的手段，把这个恋爱恋昏了头的妹妹送往美国去读书，谁知这小妹妹一到美国就疯了，她用刀切开了自己的手腕，等两个哥哥得到消息赶到美国，只赶上帮她料理后事。"他住了口，盯着雅晴。

雅晴深深吸气，端起咖啡来喝了好大一口，咖啡已经冷了，她背脊上的凉意更深，手臂上的汗毛都竖起来了。她一瞬也不瞬地瞪着桑尔旋，简直不能相信自己听到的故事。但是，桑尔旋那低沉而真挚的声音，那哀愁而郑重的神情，都加强了故事的真实性，她已经听得痴了。"兄弟两个从美国回来，都彼此立下了重誓，他们绝不把这个噩耗告诉老太太，因为老太太是再也不可能承受这样的打击了。他们和姑妈研究，大家一致告诉老太太，小孙女在美国念书念得好极了，他们捏造小孙女的家书，一封封从台北寄往美国，再由美国寄回来。老太太更老更老了，她的眼睛几乎看不见了，耳朵也快聋了。但是，她每年都在等孙女归来。然后，到今年年初，老太太的医生告诉了这兄弟两人和姑妈，老太太顶多只能再活一年了，她的五脏几乎全出了问题。老太太自己并不知道，还热切地计算着孙女归国的日子，她天天倚门等邮差，等急了，她就叹着气说，孩子，回来吧！只要能再见你几天，你老奶奶就死而无憾了。"

他的眼光从她脸上移开，呆望着手里的咖啡杯，他眼里有了薄薄的雾气，脸色显得相当苍白，他的嘴唇轻颤着，似乎竭力在抑制情绪上的激动。她望着他，傻了，呆了。这小小的故事竟激起了她心中恻然的柔情，使她心跳加速，呼吸急促，而鼻子中酸酸的。她紧紧地注视着桑尔旋，心里有些糊涂，有些明白，又有些不敢相信。

"这是个真故事？"她怀疑地问。

"是的。""我不能相信这个，"她挣扎地说，"太多的死亡，太多的悲剧，我不能相信！""请相信他！"一个女性的声音忽然在雅晴身边低哑地响了起来。雅晴吓了好大一跳，猛然抬头，才发现这竟是隔壁桌上那孤独的女客，她不知何时已经站在他们桌边了。拉开了椅子，她自顾自地坐了下来，深深地望着雅晴。雅晴完全坠入迷雾的深渊里去了，她瞪视着这个女人，在近处面面相对，她才发现这女人绝对不止四十岁，大概总有五十边缘了，但，她的皮肤仍然细腻，她的眼珠乌黑深邃——似曾相识。对了！雅晴惊觉过来，这女人眼里也盛满了哀愁，和桑尔旋同样的哀愁，也同样深邃而迷蒙，闪烁着幽柔的光芒。

"你……"雅晴讷讷地开了口，"你是谁？"

"我就是那个老太太的女儿，孩子们的姑妈。"

雅晴张大眼睛看看她，再看看桑尔旋。

"你们……到底在做什么？"她困惑到了极点，"你——桑尔旋，难道你就是那个孙儿？两兄弟中的弟弟？"

桑尔旋抬起眼睛来了，正视着她。他苍白的脸色正经极了，诚恳极了，真挚极了。

"是的，我就是那个弟弟。让我介绍兰姑给你，兰花的兰，她的全名是桑雨兰，我们都叫她兰姑，只有奶奶叫她雨兰。你会喜欢兰姑，她是世界上最伟大的女人。我们中国的女性，常常就是这样默默地把她们的美德和爱心都埋藏在自己的小天地里，而不为人知。""尔旋！"兰姑轻声地阻止着，"不要自我标榜，你使我难为情。"雅晴不安地看着他们两个，觉得越来越糊涂了。

"为什么告诉我这个故事？"她问，蹙起了眉头，她的眼光落在兰姑脸上，"你那个死在美国的侄女，她叫什么名字？"

"她叫桑尔柔。"兰姑低哑地说，"可是，我们都叫她的小名，一个很可爱的名字：桑桑。"

雅晴猛地打了个冷战，寒意从脊椎骨的尾端一直爬到脖子上。她死命地盯着桑尔旋，声音变得又冷又涩：

"这就是你跟踪我的原因？因为我像桑桑？"

"不是非常像，而是一部分像。"

"我走路的姿态？我生气的样子？我的身材？我说话的声音……"

"最像的是你的眼睛，"兰姑说，仔细而热烈地端详她，"还有你的一些小动作，用手拂头发，抛手袋，转身，抬眉毛……甚至你那冲口而出不假思索地说话，常常神游太空的习惯……都像极了桑桑。昨天尔旋告诉我发现了你的时候，我根本不相信，今天我亲眼看到了，才敢相信世界上居然有这样的巧合。不过，你比桑桑高，也比她胖一点，你的下巴比较尖，眉毛也浓一点……"

"总之，没有桑桑漂亮？"她又冲口而出。

兰姑深切地凝视她。"你非常漂亮，"她的声音真挚而诚实，"不过，我们的桑桑对我们来说，是独一无二的。我想你一定了解这点，对你的家人来说，你也是独一无二的！"

未必，她想，脑中闪过了父亲和曼如的影子。

"好，"她坐正了身子，挺了挺背脊，"你们发现了一个长得像桑桑的女孩，这对你们有什么意义呢？"

"有。"桑尔旋开了口，"奶奶几乎已经全瞎半聋，而且有点老得糊糊涂涂了，桑桑又已经离开三年了，三年间总有些变化，所以，奶奶不会发现……"

她如同被针刺般直跳起来，眼睛睁得不能再大了，她嚷了出来："你们总不会疯狂到要我去冒充桑桑吧？"

"我们正是这个意思。"桑尔旋静静地说。

她惊异地看着他们，兰姑的眼光里带着热烈的乞求。桑尔旋却镇静地等待着，那股哀愁仍然在他眉梢眼底，带着巨大的震撼的力量，撼动着她，吸引着她。她深抽了口冷气，挣扎着问："我为什么要做这件事？"

"我们给待遇，很高的待遇。"桑尔旋说，一直望进她的眼睛深处去，"如果你还有点人类的同情心，你该接受这个工作，去安慰一个可怜的老太太，她一生已经失去了很多的东西，这是她生命中最后几个月了。"

"这……这……这会穿帮的！"她和自己挣扎着，"我对桑桑一无所知，我对奶奶一无所知，我对你们家每个人一无所知……老天！"她站起身来，丢下餐巾，拎起自己的帆布袋，"你们都疯了！你们看多了电影，看多了小说，简直是异想天开！对不起，我不能接受这工作！"她转过身子，想往外走。

"就算演一场戏吧！"桑尔旋的声音在她身后响着，"总比你在家里面对你那个同龄的小继母有趣些！"

她倏然回头，死盯着桑尔旋，她的背脊又僵硬了。"你昨晚还是跟踪了我！"她怒冲冲地说，"而且打听了我，你不是君子。""对不起，我有不认输和做到底的个性。"他伸手拉住她的帆布袋，"我们家的人都很少求人帮忙。"他的声音低沉而清晰，柔和而酸楚，"雅晴，我求你！"

她回头瞪视着他，在他那闪烁着光芒的眼神中，在他那酸楚而热烈的语气里，整个人都呆住了。

这是桑尔旋私人的办公室，看不出他这样年轻，却已有这样大的事业。办公室里有大大的办公桌，按键式的电话机，一套考究的皮沙发，明亮的玻璃窗，垂着最新式的木帘，装潢得雅致、气派而大方。但是，雅晴并没有任何心情去研究这办公室。房门关得很紧，冷气开得很足。房里有四个人，除雅晴外，还有桑尔旋、兰姑和桑尔凯。雅晴沉坐在沙发深处，望着手里那张写得密密麻麻的"备忘录"。

"你是哪年哪月生的？"桑尔旋在问。

"一九五六年三月二十日，那正是春天，全家都期望是个女孩儿，尤其是奶奶，她说女孩儿比较不会飞，养得乖乖柔柔能像小鸟依人……"雅晴蓦地抬起头来，注视着桑尔旋，"你奶奶错了。女孩子有时候比男孩子更会飞，并不是每个女孩都像兰姑一样！""能不能不批评而温习你的功课？"说话的不是桑尔旋，而是桑尔凯，他正站在窗边，带着几分不耐的神情，相当严厉地看着她。雅晴转向桑尔凯，这是她第三次见桑尔凯。从第一次见他，她就不喜欢他。桑尔凯和尔旋只差一岁，但是，看起来像是比尔旋大了四五岁。他和尔旋一样高，一样挺拔，所不同的，他脸上的线条比较硬，使他的眼神显得太凌厉。他戴了副金丝边眼镜，这眼镜没有增加他的书卷味，反而让他看来老气。他永远衣冠楚楚，西服裤上的褶痕笔挺。他的鼻梁很直，嘴唇很薄，常常习惯性地紧闭着，有种坚毅不屈的表情。坦白说，他很漂亮，比桑尔旋漂亮。他一看就是那种肯做肯为一丝不苟的人。他会是个严格而苛刻的上司，不止苛求别人，也苛求自己。他就是这样的，雅晴在和他的几次接触中，早已领教过他的苛求。

"不要命令我，桑尔凯，"她扬着睫毛，一个字一个字地说，"当我高兴批评的时候，我就会批评！你必须记住，我是来帮你们的忙，并不是你的下属。"

"注意你的称呼！"桑尔凯完全不理会她那套话，盯着她说，"桑桑一向叫我大哥。"

"她还叫你眼镜儿，叫你鹭鸶，因为你两条腿又瘦又长，叫你不讲理先生，叫你伪君子，叫你不通人情，叫你自大狂！"

"哼！"桑尔凯哼了一声，打鼻子里说，"这些……无关紧要的事你倒记得清楚。"

"你认为无关紧要的事可能是最紧要的事！"雅晴说，"如果要穿帮，多半是穿帮在小节上！"

"奶奶多大了？"桑尔旋在问。

"今年七月三日过八十整寿，我是特地从美国回来为她老人家祝寿的。""奶奶叫你什么？""桑桑、宝贝儿、小桑子、桑丫头。生气的时候叫我磨人精，高兴的时候叫我甜桑葚儿。"

"你叫奶奶什么？"桑尔旋继续问。

"奶奶、祖母大人、老祖宗。"

"还有呢？"兰姑再问。

"还有——？"雅晴一怔。

兰姑走了过来，她的眼眶湿湿的，声音酸楚而温柔。

"你和奶奶之间，还有个小秘密，"她坐在雅晴身边，温柔而苦涩地盯着她，"你每有要求，必定撒娇，一撒娇，就会直钻到奶奶怀里去，又扭又腻又赖皮。所以，奶奶有时叫你麦芽糖，你倒过来叫奶奶宝贝儿。"

"我叫奶奶宝贝儿？"雅晴瞪大眼睛，"你有没有弄错，这算什么称呼？不伦不类不尊不敬……"

"人老了，会变得像小孩子一样。"兰姑轻叹了一声，眼底是一片动人的、深挚的感情，"她——最喜欢你叫她宝贝儿，全世界也只有你一个人叫她宝贝儿。但是，你不会当着人前叫，只会私下里叫。"雅晴呆望着兰姑。"把那沓照相簿拿出来，"桑尔凯又在命令了，"桑桑，你把每一个人从小到大再指给我看一次，不用担心纪妈，纪妈会合作的！她是把你从小抱大的女管家，她也知道真相，会帮着你演戏，噢……"他忽然想起什么大事，正视着雅晴，严肃地问："你会弹吉他吗？"

"吉他？"雅晴又一怔，"我什么天才都有，就缺乏音乐细胞，什么吉他、钢琴、喇叭、笛子……一概不会！不过……"她笑了起来，"我会吹口哨，吹得就像……人家妈妈把小娃娃撒尿一样好。"桑尔凯把手里的照相簿往桌上重重地一丢，照相簿"啪"的一声，清脆地落在桌面上。他转身就走向落地长窗，背对着室内，他冷冰冰地说：

"完了！这时代的女孩子，十个有八个会弹吉他，你们偏偏选了一个不会的！尔旋，我跟你说过，这计划根本行不通，你就是不听！我看，趁早放弃！你们说雅晴像透了桑桑，我看顶多也只有五分像，而且，她从头到尾就在开玩笑，根本不合作，我看不出她有丝毫演戏的能力！你们不要把奶奶看成老糊涂……"他回过身来，像对职员训话一般，摊着手大声说，"她在五分钟之内就会穿帮！兰姑，尔旋，我们把这件荒谬的事就此结束吧！陆小姐，"他转向雅晴，下了结论，"你回家吧！我们这幕戏不唱了！"

"慢一点！"尔旋挺身而出，站在他哥哥前面，简洁而有力地说，"我们这幕戏唱定了！"

"尔旋！"尔凯叫着，两道浓眉拧在一块儿，"你不要太天真，你知不知道，这件事很可能弄巧成拙？现在，奶奶最起码认为桑桑还活着，如果她发现出来了一个冒牌货，她也就会明白真相了！""我知道。"尔旋镇静而肯定地说，"雅晴不会让我们失望！她不会穿帮的！你想想看，如果桑桑回来了，奶奶会乐成什么样子！我决定要让这幕戏演下去！"

"老天！"尔凯恼怒地瞪着尔旋，"你能不能理智一点？她连弹吉他都不会！"

雅晴望着那怒目相对、各有主张的两兄弟，愕然地回过头来，困惑地问兰姑："桑桑很会弹吉他吗？"

"不只很会弹，"兰姑幽幽地说，"她弹得如行云流水，简直——太好了。她可以坐在花园里的梧桐树下，一弹就两三小时，弹得那么美妙，有时，我觉得连小鸟儿都会停下来听她弹吉他。"雅晴呆住了。"呃，"她轻咳了一声，"这么说……我是根本不合格了？"

"本来就不怎么合格。"桑尔凯闷声低哼着。

雅晴深刻而古怪地看了桑尔凯一眼。

"学吉他要多久？"她问。

"别傻了！"桑尔凯说，"要弹得像桑桑，除了苦练之外，还要天分，我看你一样也没有。何况，时间上也来不及，距离奶奶过寿，只有十天了，没有人十天之内能练会吉他！"他抬头看着尔旋："你疏忽了一件最重要的事！你应该在发现她的时候，就问她会不会弹吉他！"

"我没有疏忽。"桑尔旋慢吞吞地说，他注视着桑尔凯，眼里闪着热烈的光，"雅晴不需要会弹吉他，因为桑桑再也不弹吉他了！不但不弹吉他，她连见也不愿意见吉他了！家里没有吉他，她身边也没有吉他！她永远也不肯去碰吉他！"

尔凯僵直地站着，目瞪口呆地望着他弟弟。

兰姑的眼睛闪过一抹奇异的光彩，她的脸孔亮了，仰起脸，她激动地看着兄弟两人，不住地点着头：

"是的，"她了解地说，"桑桑再也不弹吉他了！"

尔凯看看尔旋，又看看兰姑。

"你们——是什么意思？"他不解地问。

"唉！"尔旋长叹了一声，盯着尔凯，"大哥，如果你能对桑桑的感情多了解一些，当初不要急急把她送到美国去，也不会造成那么大的悲剧了！"

桑尔凯的脸色蓦然变白，他逼视着尔旋，声音变得僵硬、冷峻而沙哑："你又在怪我吗？你又在指责我吗？你认为是我杀了桑桑吗？你……""尔凯！"兰姑慌忙站起身来，拦在两兄弟中间，她的手温和地压在尔凯的胳膊上。雅晴注意到，尔凯的身子有一阵轻微的痉挛。"尔凯，"兰姑再叫了一声，声调慈祥而温柔，"没有人怪你，一切都是命。尔旋的意思只是说，我们可以给雅晴找个不弹吉他的理由。你总该记得，桑桑的吉他，是万皓然教的吧？经过这样一段变化，桑桑很可能不愿再弹吉他！"

"什么叫'变化'呢？"尔凯问。

"万皓然已经结婚了。"尔旋说，"桑桑既然能置万皓然于不顾，跑到国外去念书，万皓然当然可以结婚！"

"谁说万皓然已经结婚了？"尔凯似乎吃了一惊。

"我说的。"尔旋回答，"他一年前就结婚了！别忘了，时间，会把一切都改变的。也会把桑桑改变的，从国外回来的桑桑，根本不愿意再谈万皓然，不愿重提往事，不愿弹吉他，也永远不再唱那支《梦的衣裳》的歌！"

桑尔凯沉默了，他深思着退后，靠在窗棂上，沉吟地低语了一句："你都想过了，是不是？万家呢？"他呻吟着，"他们会不会来捣蛋呢？""这事交给我吧！"尔旋说，"我保证万家不会有人露面。桑桑回国，只是我家的一件小事，除了我们家围墙之内的人知道以外，围墙外的人都不会知道。万家——也不会知道的。"

桑尔凯不说话了。兰姑看看兄弟两人，知道问题已经解决，注意力就又回到雅晴身上来了。她拿着照相簿，走向雅晴，柔声说："让我们再来复习我们的亲戚朋友吧！"

"慢一点！"雅晴从沙发深处跳了起来，好奇地看着那兄弟二人，"告诉我一些关于万皓然的事！还有那支什么《梦的衣裳》的歌！"桑尔凯的脸色又变了，他瞪着她，恼怒地说："你不需要知道那么多，你只要扮演你的角色就行了。"

"哈！"她怪叫，"我不需要知道那么多？我怎么可能不知道我自己的事情！那个万皓然，他是我的爱人是吧？"她直问到桑尔凯的脸上去，"他教我弹吉他，在月亮下散步，牵着手唱什么'梦的衣裳凉如水，我的大哥冷如冰'的歌……"

"什么大哥冷如冰？"桑尔凯皱起眉头。

"大哥就是阁下啊！"她嚷着，"是你拆散了我们，对不对？你冷得像冰，硬得像钢。你把我遣送到美国去，活生生地拆散了一对热恋中的爱人，把我逼疯了，疯得用刀子切开自己的血管……""住口！"桑尔凯大叫，脸色白得像纸，那阵痉挛又掠过了他的面庞，他的眼光森冷地落在她脸上，"你知道得已经太多了，谁告诉你这些？""是我。"桑尔旋说，"不坦白告诉她，她怎能跟我们合作？"

"我还要知道万皓然的事，"雅晴清晰地说，"你们为什么反对他？他现在怎样了？他在哪儿？真的结婚了？他多少岁？漂亮吗？"没有人回答，屋里一片沉寂。雅晴环室四顾，看着每一个人的脸。桑尔凯的脸又僵又冷又硬，像块白色的大理石。兰姑目光闪烁，故意避开雅晴的视线。桑尔旋眉端轻蹙，脸色懊恼，眼光阴沉。"在你扮演桑桑的这段日子中，"桑尔旋开了口，"不需要知道万皓然的详细情形，知道这个名字，和他曾经是你的爱人就够了。奶奶不会主动对你提起他，万一她提了，你只要皱着眉头说一句：奶奶，我不想再谈这件事！这样就够了！"

"哦？"她转动眼珠，"可是我想知道。"

屋里没人再说话。她看看大家，点了点头，回转身子，她拾起自己的帆布袋，甩在背上，她一甩头，果断地说：

"不谈万皓然，也没有桑桑了。你们再去找别人扮演这个角色吧，我不干了！"她举步走向门口，屋里安静得出奇，居然没有人挽留她。她骑虎难下，只得向门口大步走去，她的手往门柄上伸过去，正要落下，有只手抢先握住了门柄，她抬起头来，接触到桑尔凯阴郁的眸子。"是我的错，"他轻声说，"我年轻气盛，像桑桑说的，我是自大狂。万皓然并没有什么不好，只是家庭环境太坏了，他父亲是个——挑土工，我认为门不当户不对，所以坚决反对，我并不知道……桑桑爱他那么深。"

她看着他。他转动了门柄。

"现在，你可以走了。"他说。

她愕然了。"你的意思是……""没有人能假扮桑桑！桑桑已经死了，再也不会复活了。"他固执而悲哀，"我一开始就不认为这是个好计划，现在也不认为这计划能成功，尔旋太天真，兰姑太冲动。奶奶只剩下几个月的寿命，万一你失败，我们会把几个月缩短成几天。我已经杀死一个妹妹，不想再伤害我的老祖母！"

她瞪了桑尔凯好一会儿，然后，她转头去看桑尔旋。奇怪，桑尔旋也沉默了，他脸上有着深思的表情，眼里也流露出怀疑和不安。他被他哥哥说动了，他害怕而退却了。在这一瞬间，她忽然深深体会到一件事，这兄弟二人是那么深那么深地热爱着他们的老奶奶，别看桑尔凯一脸的冷峻，这冷峻的外表下，显然也藏着一颗炽热的心！她被感动了，被这种人类的挚情所感动了。她环顾每一个人，看到兰姑眼里泪光闪烁。"你们都决定了？"她问，"你们确实不再需要我去假扮桑桑了？"兰姑抬头去看尔旋。"尔旋！"兰姑的嘴唇抖颤着，"我想，尔凯的顾虑也有道理。我看……这事确实太冒险，万一弄得不对，又变成爱之适以害之。我看……我看……"她结结巴巴的，声音颤动着，"还是算了吧！"尔旋掉过头来注视尔凯，他们兄弟二人互相深深凝视，雅晴几乎可以感应到他们心灵间的交谈与默契。然后，尔旋的眼光落在雅晴脸上了。"雅晴，"他慢吞吞地开了口，有些迟疑，有些不甘心，"我费了好大力量才说服你。"

"不错。"她盯着他，"怎样呢？"

"我想……"他润了润嘴唇，"我应该尊重我哥哥的意见。"

"那么，你也确定不需要我了？"

尔旋深吸了口气："大哥是对的，我不能让桑桑复活。不能爱之适以害之。"他有些悲哀，"不过，无论如何，我要谢谢你，雅晴。"

"很好。"雅晴点了点头，再对室内的三个人一一注视，然后，她车转身子，猛然用背整个靠在门上，把那已打开了一条缝的房门"砰"然一声压得合上了。她把帆布袋抱在胸口，咬了咬牙挑了挑眉毛，朗朗然、切切然、清清脆脆地说：

"你们兄弟两个是闲着没事干吗？你们是找我来开玩笑吗？听着！我不是招之即来、挥之即去的人！你们好不容易把我弄来了，千方百计说服了我。现在，你们想轻轻易易一句话又把我打发掉，没那么简单！"

她把手中的帆布袋用力往沙发上一扔，大踏步走到书桌前面，一下子翻开了照相本，正好是张桑桑的放大照。她低头凝视照片里的女孩：乌黑的眼珠，清秀的眉毛，挺秀的鼻子，小巧玲珑的嘴，一脸的机灵，满眼的智慧！还有几分调皮、几分倔强、几分热情、几分玩世不恭……她很快地撕下那张照片，握得紧紧的。"你们无法让桑桑复活，真的吗？现在，你们给我听着！自从我被你们发现以后，你们叫我做这个，叫我做那个，叫我看照片，叫我背家谱，叫我听你们兄弟两个吵架拌嘴争执该不该用我！从现在起，我不再听你们，而是你们听我！"

桑尔凯和尔旋面面相觑，然后惊愕地望向她，兰姑是呆住了，也定定地瞪着她。她坚定地、咬牙切齿地、清晰、稳重、流利、像倒水般说了出来："桑桑必须复活几个月，因为，这是奶奶在她充满悲剧性的一生里，最后的一个愿望了！我不管你们兄弟两个意见统一还是不统一，不管兰姑怎样举棋不定，让我告诉你们，我当定了桑桑！你们同意，我要冒充桑桑，你们不同意，我也要冒充桑桑！如果我露了马脚，奶奶就完了，所以，我绝不能露马脚，换言之，这件事只许成功，而不许失败！我是个渺小平凡的女孩，从没经过人生任何大风大浪，也从没面临过任何挑战。如今，我面前忽然从天而降地落下了一项挑战，你们以为，我会轻易把这项挑战放弃吗？即使我没有勇气接受挑战，你们以为我会让一位饱经患难的老太太含恨而死吗？那么，你们就太小看我了！"她吸了口气，望着桑尔凯，再望向桑尔旋，"过来！你们两个，我只剩下十天的时间，你们还不赶快告诉我该注意些什么事吗？"

桑尔凯眩惑地瞪着她，那冷峻的面庞忽然就变得充满生气了，眼珠在镜片后闪闪发光一瞬也不瞬地盯着她。桑尔旋用牙齿狠咬了一下嘴唇，眼眶里居然不争气地蒙上了一层雾气，他笑了起来，那种折服的笑，那种欣慰的笑，那种充满了惊佩和感动的笑……这笑容第一次唤起了雅晴内心深处的悸动，在这一瞬间，父亲的再婚、曼如的阴影、服装的纠纷……都变得那么渺小遥远而微不足道了。她觉得自己的眼眶也湿湿的，自己的鼻子也酸酸的。而兰姑呢？她采取了最积极的行动，她直奔过来，把雅晴一把就拥进了怀里，她有个温暖宽阔柔软舒适的怀抱。她抱紧她，重重地吻着雅晴鬓边那软软的小绒毛，哽塞地说：

"欢迎归来！桑桑。你瞧，你离开三年，家里并没有改变什么，你最爱的石榴花仍然年年开花，你亲手种的那排茑萝已爬上花棚了，你喜欢的小花猫已经当了三次妈妈了，狗儿小白变成大白了。你的老祖宗念过几万万声你的名字了，老纪妈还是爱吃甜食，越吃越胖了……还有，你的大哥有了未婚妻，快要结婚了。""是吗？"她惊奇地望向桑尔凯，是真正的惊奇，"我这个大嫂是我以前认识的人吗？"

"不是。她叫曹宜娟，我给你的信里不是提过吗？"

"哦。她也知道我吗？"

"只知道你在美国念硕士。所以她是家里除了奶奶外，唯一认为你是货真价实的人。"

"我的二哥呢？"她悄眼看尔旋，声音含糊，"大概早就有了二嫂吧？"

"不。他还在东挑西选，等待奇迹出现，给他一个天下少有、地上无双的奇女子呢！"

她悄然回眸，在尔旋那含笑的注视下，忽然觉得脸孔在微微发热了。

第三章

桑家坐落在台北的近郊，靠近内湖。房子是倚山面湖而造，已经造了许多年了。这房子还是桑尔凯兄弟的父亲——桑季康所设计建造的，在当年，这算是相当豪华考究的房子了。由于那时内湖还是片荒凉原始的山区，地价非常便宜，所以，桑家的花园占地就有六百六十平方米左右。花园里保留了当初原有的一些树木，有橄榄树、椰子树、大株的凤凰木，还有株台湾很少见的梧桐树。据说，小桑桑当年最偏爱这株梧桐，每当她弹吉他，她就坐在这株梧桐树下弹。有次，兰姑翻到一阕古人的词，其中有这样几句：

> 梧桐树，三更雨，不道离情正苦。
> 一叶叶，一声声，空阶滴到明。

当时，兰姑就有种凄凉而不祥的感觉，没料到，后来果然应验了她的预感。桑家的房子是两层楼的建筑，屋子很多很大，老奶奶一直希望能过上儿孙满堂的日子，所以，他们准备了许多空房间，预备把一间间房子填满。谁知桑季康夫妇遽然遇难，而桑桑又远去了，难怪老奶奶常叹着气说：

"空房子没填满，满房子倒空了。我们桑家，到底是怎么啦？"

兰姑听到老奶奶的感伤，就会搂着她说："急什么，急什么，等尔凯尔旋结了婚，生下了曾孙曾孙女，等桑桑从国外回来……你还怕我们的房子住不满？只怕会不够住呢！"

老奶奶为兰姑勾出的远景而悠然神往了，呆了半晌，她会悄笑着看兰姑，低声地说："他们得加紧一点才行呢！我怕我不是彭祖，能活到八百岁！"

"说不定您比彭祖还长寿！"兰姑笑着说。

"算了，我才不当老妖怪！"奶奶又笑又摇头。

尔凯尔旋迟迟不婚，桑桑一去无踪影，桑家的空房子仍然空着。在桑家工作了快三十年的老纪妈，依然把每间房子打扫得干干净净。纪妈原是军眷，丈夫已经去世，是被桑季康夫妇雇用的。她曾看着尔凯尔旋和桑桑出世，也抱大了他们，现在，她和奶奶、兰姑都成了朋友，分享着她们的喜乐哀愁和一些秘密。如今，她已是桑家的一员，和桑家不可分了。桑家在尔凯尔旋兄弟手上，陆续有些改建，例如，他们加盖了车房，因为兄弟两个各有车子；他们加高了围墙，因曾被小偷光顾过。他们用镂花的铁门换掉了原来的木门，门边竖上一块牌子"桑园"。桑园，附近邻居都这样称呼桑家的。五年前，桑尔凯不知从哪儿弄来十棵小桑树，一溜儿排列地种在南边围墙下，如今，小桑树都已长得又高又大，超出了围墙。兰姑经常摘下满把满把青翠的桑叶，送给附近养蚕的学童们。桑园在内湖区已经耸立了二十几年了。二十几年来，多少辛酸，多少秘密，多少故事，多少兴亡……都在这围墙中默默地滋生演变。工业社会进步神速，各种故事都天天在发生，没有什么人去注意桑家的事情。桑家兄弟都已成为有地位的工商界新秀，兰姑默默地照顾着老的和小的。奶奶老了，老得看不见、听不清了，老得不敢去期望未来，而只能活在记忆里。记忆中许多小事都那么鲜活，许多影像都那么清晰。这些影像中最鲜明的该是桑桑的脸，和桑桑的声音了。扬着眉毛，瞪着乌黑乌黑的眼珠，咧着嘴，嬉笑着又叫又嚷：

"奶奶，看我打网球！"

"奶奶，听我弹吉他！"

"奶奶，我穿了件新衣裳，漂亮吗？"

"奶奶，我讲故事给你听！"

"奶奶，我最爱的石榴花又开了！"

"奶奶，你瞧那梧桐树落了一地的叶子！"

"奶奶，我学了一支新歌，《梦的衣裳》！你是要听我弹呢？还是要听我唱呢？"老奶奶打了个寒噤，梦的衣裳！谁听说过梦还有衣裳？而华丽的衣裳里面，裹着怎样的真实呢？梦的衣裳，用青春织成的衣裳，只属于年轻人的！她觉得冷了。人老了，不论早晚，总是四肢冰冰的。那个弹吉他的小女孩呢？那个爱唱爱笑爱闹的小桑桑呢？石榴花开了谢了，谢了开了，她那小心肝宝贝儿，她那小桑丫头在哪里呢？

忽然间，就要过八十岁大寿了。她已经警告过孙儿们，决不要宴会，决不要宾客，决不要铺张，决不要喧嚣和吵嚷，她只要和家人们安安静静地度过去。

"是我的日子，就照我的意思办！"

孩子们没有提出任何异议，他们早就了解奶奶的固执和坚决。他们确实没有惊动任何人。但是，奶奶的第六感在告诉她，这屋子里正酝酿着某种秘密。尔凯尔旋兄弟两个整天忙忙碌碌，兰姑常常不在家，在家时不是和那两兄弟说悄悄话，就是和纪妈说悄悄话。奶奶真气自己的耳朵不争气，年轻时，连根针掉在地上都听得见，现在，听什么都是模模糊糊的。有次，她忍不住叫兰姑：

"雨兰，大家都在忙些什么呀？"

"您别管吧！"兰姑笑嘻嘻的，却仍然俯在她耳朵上泄露秘密似的说了句，"两兄弟在给你老人家准备生日礼物呢！你知道，每年他们两个都绞尽了脑汁想新花样！"

唉！奶奶暗中叹气了。孩子都是好孩子，你再也找不到比他们更好的孩子了！可是，人老了，走过了几乎一个世纪，遭遇过人生最悲惨的命运……新花样？对老人来说，没有新花样了，再也没有了！有的，只是记忆深处的那些影像、那些声音、那些消逝了的往事……

正日子到了，奶奶过八十大寿了。

一清早，两兄弟分别进屋来向奶奶祝贺，就驾着车子出去了。纪妈忙着从花园里剪了无数鲜花，跑出跑进的，也不知道把鲜花插到哪儿去了。兰姑有些心神恍惚，跟她说话她总是听不见，一忽儿上楼，一忽儿下楼，一忽儿跑到阳台上去张望，一忽儿又对着窗子发呆。从没看到女儿如此心神不宁过，奶奶又动了疑心了，这些孩子们都在搞些什么鬼呀？

十点钟左右，曹宜娟来了，居然是自己来的，而不是尔凯把她接来的。宜娟是个美人坯子，大眼睛小嘴巴，瓜子脸。尔凯是个完美主义者，奶奶从多年前就发现，如果尔凯有什么缺点，就是过分地"求全"。在他的求全心切下，才逼走了桑桑。不，今天不要想桑桑。她在失去第一个儿子的时候，就告诉过自己：与其怀念失去的，不如怜取眼前的。她看着宜娟，这未来的孙媳妇，她多年轻呀，多美丽呀！但是，她怎么也有些紧张和不安呢？奶奶注视着宜娟，在一片朦朦胧胧的视野里，仍然可以看出宜娟的美。她刻意化过妆了，穿了件大红色的洋装，衬着她那白嫩嫩的皮肤。她有一头乌黑乌黑的长发，一直披到腰上。桑桑的头发只留到肩膀，额上总是乱糟糟地垂着一绺绺不听话的短发，她也不喜欢大红的衣裳。她偏爱紫色，紫色的衬衫，紫色的长裤，脖子上系条紫色的小绸巾，她笑着说自己是颗"紫色的桑葚"，已经"熟透了"。噢噢，今天不能想桑桑。她伸手去握住宜娟的手，宜娟的小手多么柔嫩呀！青春真是样可爱的东西，不是吗？她已经不记得自己的青春是几个世纪前的事了。"宜娟，"她试探地说，"你知道那兄弟两个在耍什么花样吗？""噢，奶奶！"宜娟微笑着，"我奉命不能说！""奉命？奉谁的命？""当然是尔凯喽！""你悄悄告诉奶奶。"老奶奶的好奇心被引发了。

"不行呢！"宜娟笑着，"反正，是一件生日礼物！"

"什么礼物要这么慎重？"

"我也没见过呢！"宜娟坦白地说。心里在想着桑尔柔，从国外归来的小姑子，她会很好处吗？会和她相亲相爱吗？不一定。天下的姑嫂之间问题最多，据说桑桑是全家的宠儿，尔凯他们去接飞机了，甚至不要她一起去。看尔凯那份严重紧张的样子，这小妹妹显然是全家的重心。她吸了吸气，希望桑桑不是个刁钻古怪的、宠坏的小丫头！

门口一阵汽车喇叭响，兰姑和纪妈同时从客厅里往花园里冲去，她们冲得那么急，以至于兰姑踩了纪妈的脚，疼得纪妈抱着脚跳。宜娟不由自主地站起身子，伸长脖子从落地长窗里向外望……奶奶惊觉地仰着头，揉着模糊不清的昏花老眼，怎么了？怎么了？到底是什么事？

"来了！来了！他们来了！"兰姑喊着，风也似的卷回沙发旁边，一把就搀起了奶奶。宜娟从没看过这位姑妈行动如此敏捷迅速。"妈！"她喊着，"到门口来！宜娟，你搬张椅子到门口来，让妈坐下！""怎么了？怎么了？"奶奶糊里糊涂地被搀到客厅门口，硬给按进一张沙发椅中。她口齿不清地喊着："你们都疯了吗？这是……这是干吗呀？""坐稳了。"兰姑的声音微颤着，笑容里带着紧张，"睁大眼睛，妈。你仔细瞧瞧，兄弟两个给你带来了什么礼物。"

老奶奶张大眼睛对花园里看去。尔旋那辆"雷鸟"正停在房子前面。兄弟两个都下了车，从车里，正有第三个人钻出来……奶奶用手揉揉眼睛拼命集中视线：有个女孩出来了，头发垂肩，短发拂额，穿了件浅紫色条纹上衣，深紫色长裤，手里握着一顶乳白色系着紫色绸结的帽子，她正亭亭玉立地站在那儿，对这边张望着……女孩的眼光和奶奶的接触了，蓦然间，女孩发出一声热烈的低喊，把手里的帽子往后一抛，帽子被风吹走了。她直扑过来，一下子就冲进了奶奶怀里，她嘴里乱七八糟地大嚷大叫着：

"噢！奶奶，奶奶！你好坏，你最坏了，你让我想死了！想死了！害我好几门功课考不及格，害我成天只想回家，你好坏哟！噢，奶奶！"她仰头热烈地看奶奶，乌黑的眼珠里充盈着泪水，她伸手去摸奶奶那银白的头发、那满是皱纹的面颊、那皮肤松弛的下颌，然后猝然把面颊紧贴在奶奶的面颊上，在她耳边轻声说："祝你生日快乐，宝贝儿！"

"哦，哦，哦……"奶奶惊愕得话都说不出来了，气都喘不过来了，她用手推着怀里那软软的身躯，深深地吸着气，结舌地说，"桑丫头，是你！居然是你！我不能相信，我简直不能相信！你抬起头来，让我仔细看看！"

桑桑——不。雅晴，她抬起头来了，仰脸望着奶奶，有两行泪水正静静地沿着她的面颊流下来，但是她在笑，咧着嘴儿，用牙齿咬着舌尖儿，又调皮又撒娇地笑，泪水湿透了她整个面颊，沾了老奶奶一手都是。老奶奶看不清楚了，鼻子里一阵酸，泪水就弥漫了整个视线，她抽着鼻子，透过泪雾，只看到桑桑那对乌黑晶亮而湿润的眸子……她抖抖索索地去摸她的脸，用衣袖去擦她的眼睛哽咽地说：

"傻丫头，回了家该高兴，怎么见了奶奶就哭呢！又不是小娃娃了，真不害臊！""傻奶奶！"雅晴顶了回去，"你晓得说我，你自己呢？"她也用衣袖去擦奶奶的脸。"你比我还爱哭，而且，"她噘着嘴，撒赖地说，"谁说我哭了？我不是在笑吗？您瞧您瞧，我不是在笑吗？"奶奶真的对她瞧去，只是她瞧不清楚。只知道她的桑丫头回来了，依然调皮，依然撒娇，依然热情，依然爱哭又爱笑……她的桑桑回来了！她那流浪的小鸟儿飞回家来了。她拼命想控制自己的泪水，不知怎的，就是控制不住，泪水不停地滚出来。兰姑蹲下身子，用小手帕擦着奶奶的脸，鼻塞声重地说："桑桑，你这个坏丫头，连姑姑都忘了叫？看你这个小坏蛋！看你把奶奶弄哭……"

"兰姑！"雅晴立即转向兰姑，给了她一个大大的拥抱，嚷着说，"你别怪我啊，见到奶奶，我就什么都忘了。没办法啊，你知道我最疼奶奶……""是奶奶最疼你，什么你最疼奶奶！"兰姑瞪着眼睛又是泪又是笑地说，"到国外喝了三年洋墨水，怎么说话还是和以前一样颠三倒四没大没小的！"

"别怪她啊，"奶奶心疼得什么似的，一条小手帕已经又湿又皱，她重重地吸着鼻子，"这是江山好改，本性难移呀！兰丫头，你别和小桑桑吃醋啊！"

兰丫头！奶奶多久没这样称呼过自己了。兰姑悄眼看雅晴，这女孩简直是天才，这场戏演得比预料还好。雅晴的眼光仍然停在奶奶脸上，奶奶的眼泪仍然流个没停。雅晴站起身来，忽然重重地一跺脚，一拧身，一甩头……活生生的一个桑桑！她红着眼眶，哑着嗓子说：

"奶奶，你不能再流泪了，眼睛流坏了，怎么看得清楚我呢？你瞧，奶奶，我又长高了两厘米，信不信？我还胖了一公斤呢！信不信？噢，奶奶——"她拉长声音，不依地，含泪地。"你怎么还流泪呢，如果你再掉眼泪，我就要……我就要……"她喉咙哽塞，"放声大哭了！你知道我是说做就做的！"她闪动眼睑，两串泪珠骨碌碌滚落下来，张着嘴，她真的要哭了。"哎哟，桑桑，小桑桑，桑丫头，宝贝儿……"奶奶慌忙喊着，把所有的昵称全唤了出来，"别哭，别哭，千万别哭，你奶奶老了，老得傻瓜兮兮的了，你瞧，奶奶不掉眼泪了，真的，真的。"什么真的，真的。她嘴里说着，她的眼泪还是淌个没完。雅晴俯头看她，蓦然间又和她紧拥在一起，雅晴把头紧埋在她的肩上，又哭又笑地说：

"哎呀，奶奶，咱们两个真是的……一个像老傻瓜，一个像小傻瓜！怪不得曹雪芹说女人是水做的，原来两个女人的眼泪加起来就会变成太平洋！"

奶奶是真的笑了，用手帕擦干眼泪，她深吸口气，理智、思想，和精神全恢复了。她这才一迭声喊起来：

"纪妈！纪妈！纪妈！你来看小桑子哟！看她是不是高了？还是那么瘦津津的，亏她还说她胖了呢！身上就没几两肉！外国食物不行哪！哎呀，纪妈，你有没有把她的房间打扫干净呀？还有她爱吃的海瓜子，你明天一定要去菜场买海瓜子……""哦，奶奶！"纪妈在一边接口，她一向跟着孩子们称呼奶奶的。她望着雅晴，明知这是假的，明知这是一场善意的骗局，她就不知怎么回事，也忍不住想掉眼泪。这个女孩，真不知道兰姑和尔旋兄弟从什么地方找来的，那眼神，那脸庞，那举动，那声音，那撒赖的模样，那语气……简直像透了桑桑！只是，仔细看，会发现她的眉毛是修过的，头发故意遮住了上额，她身材比桑桑高，嘴唇比桑桑厚，皮肤比桑桑白嫩……不过，她知道，奶奶是完全看不出来的。她注视着雅晴，只觉喉咙里痒痒的，鼻子里酸酸的。"桑桑的房间早就准备好了，她爱吃的海瓜子已经在厨房里了，她的床单床罩都换了新的，她的毛巾牙刷牙膏洗发精都准备了呢……"

"噢，原来你也串通了，你们都知道桑桑今天会回来！就瞒我一个！"奶奶说。雅晴从奶奶身边站起来，走向纪妈，她向右歪着头看她，又向左歪着头看她，然后就爆发一声哇哇怪叫：

"好！纪妈！你故意躲在这儿不理我！"

"哎哟，好小姐，"纪妈完全忘了这是假的了，竟真情毕露地叫了起来，"我排队在这儿等着呢，一直轮不到我呀！"

"好纪妈，"雅晴立刻也给了她一个大大的拥抱，"我跟你开玩笑呢！啊呀！纪妈，你爱吃芝麻饼的毛病一定没改，你起码重了二十磅！""岂止芝麻饼！"兰姑接口，"她现在又迷上了什么香港蛋卷，整天吃个没停！我早就警告她太胖了！"

奶奶注视着纪妈和桑桑，回过头来，她看到尔凯和尔旋了。这兄弟两个，自从桑桑进门，就像两个没嘴的葫芦，一声大气都没吭，只是紧张地站在那儿，热切地望着这幕祖孙团聚的场面。想到他们两个为接回桑桑，必定做了许多安排，怪不得这些日子，忙得什么似的。老奶奶站起身来，她走过去，一只手紧握住尔凯，一只手紧握住尔旋。她看看哥哥，又看看弟弟，眼中不争气地又涌上了泪水，她微笑起来，是又幸福、又满足、又安慰、又感激、又快乐的笑。她一个字一个字地说："谢谢你们的礼物，我永远不会忘记今天，这是我八十年来收到的最珍贵的生日礼物。尔凯、尔旋，你们是多么可爱的孩子啊！现在，我们一家又团圆了，是不是？还能有更好的事吗？哦……"她忽然想了起来，"桑桑还没见过宜娟呢，你们也忘了介绍了！""不是忘了，"尔旋说，他的脸因兴奋而发红，两眼闪着光，呼吸急促，"你们两个一见面就淹大水，在大水没干前，我们哪儿有时间来介绍呢！"

他抛开祖母，走过去，握住"桑桑"的手，把她带到宜娟的面前："桑桑，见见你未来的大嫂！"

宜娟的脸红了，她看着这个小姑子，泪痕未干，眼神清亮，额前的小发卷和那身俏丽雅致的浅紫深紫色服装，像一朵小小的豌豆花。她几乎自惭形秽了。她恨自己穿了红色，一定太俗气了。桑桑对她伸出手来，挺"洋"派的，她握住宜娟的手："欢迎你加入桑家。"她说，仔细而敏锐地打量她，然后回过头去看着桑尔凯，"大哥，你的福气真不错，嗯？"她打鼻子里哼着，"你居然给我找了这么漂亮的一位大嫂，说实话，你配不上她！""是吗？"桑尔凯走了过来，下意识地打量着面前的两个少女，宜娟娇艳明媚，雅晴却是飘逸出尘的。"桑桑，"他说，"这是你对我最好的恭维了。证明我还有眼光。"

雅晴回眸注视宜娟。宜娟也正打量着她。

"你比你的照片还漂亮！"宜娟客气地说，急于讨好这位小姑，她已看出她在这家庭中的分量了。

"呃，"雅晴一愣，"你看过我的照片？"

"是呀！到处都有你的照片！"

雅晴很快地对室内扫了一眼，这才发现，壁炉上，小几上，架子上，都有"桑桑"的照片。她怔了怔，很快地说：

"那些老照片，还放着干吗？那时我是小黄毛丫头！"她笑望宜娟，"不过，很多人都认为那些照片比我本人漂亮呢！"她含蓄地看了兄弟两人一眼，回头说："奶奶，你把我弄得又是眼泪又是汗，我要回房间去洗洗脸！"

"噢，"一句话提醒了奶奶，"你刚下飞机，一定累坏了，快去休息一下吧！你自己的房间总记得，我让你休息两小时，然后下楼吃午饭，有海瓜子呢！"

"我送她上去，"尔旋立即接口，"她的衣箱还在汽车里呢！"他反身奔出去拿衣箱。

当雅晴跟着尔旋走上楼，走进"自己"那间豪华的卧房，面对着一屋子的花，而不需要再伪装时，她才长长地吐出一口气来。房门合上了，她回转身子，发现尔旋正靠在门上，一瞬也不瞬地紧盯着她，他眼里有火花在迸射，闪烁而明亮。她深深呼吸，闭了闭眼睛喘了好大一口气，感到筋疲力尽。

"通过了第一关，嗯？"她问。

"我真没有想到，"尔旋说，由衷地激赏地看着她，"你演得太棒了！尤其，你怎么能有那么多眼泪？"

"我……"她愣了愣，"我也没想到，眼泪说来就来，我想，我是情不自已，这一切……真的使我感动。你……相信吗？我真的哭了。"

他深切地看她，走近她。"我相信。"他低语，忽然间，就一把把她拥进怀中，飞快地吻住了她的嘴唇。她有一阵晕眩、一阵迷乱、一阵心慌。然后，是一阵轻飘飘的虚无。半晌，她骤然回过神来，用力推开了他，她退向床边，瞪着他，生气了。

"这算什么？"她哑声问，"我们的合同里没有这个。你无权侵犯我！"

"对不起，"他涨红了脸，有些狼狈，有些歉然，有些不知所措，"相信我，我也是情不自已。"

他很快地转过身，走向房门，打开门，出去了。

她怔怔地站在那儿，怔怔地望着房门，怔怔地用手指压在嘴唇上，这才想起来，这居然是自己的"初吻"。

早上，雅晴被一阵啁啾的鸟鸣声惊醒了，睁开眼睛她望着装饰着花纹的天花板，闻着绕鼻而来的淡淡花香，听着晨风穿过树梢的低鸣，和鸟语呢喃。一时间，她有些恍惚，不知正置身何处。然后，她立即回过神来。是的，这不是陆家，不是她自己的闺房。这是桑家，她正睡在桑桑的床上！

她把双手枕在脑后，不想立刻起床。她脑子里还萦绕着昨天一切的一切，一幕与一幕。多么神奇，多么玄妙，她居然演成了这场戏，奶奶自始至终就没怀疑过。如果父亲看到了她这场表演，一定也该对她刮目相看吧！父亲，她又想起父亲和曼如了。当初，决定来演这幕戏的时候，本想找个理由来骗父亲，说她在南部找到工作了，说她要到美国旅行去，说她想坐船周游世界……最后，还是尔旋简单明了反驳了。

"不要骗你爸爸，任何理由都会让他疑心，如果他登报找寻失踪的女儿，我们反而又多一项难题。告诉他实话！告诉他你要去安慰一位伟大而善良的老太太……"

"我爸会认为我发疯了！"她叫。

"本来，这计划就有点疯狂，不是吗？"尔旋盯着她，"去说服你爸爸，叫他不要找你，你可以常常打电话给他，也可以回家去看他，反正奶奶大门不出二门不迈。只要你父亲也帮着保密，就不会穿帮。总比你父亲担心你为了和小后母怄气，而离家出走好些！"

"我爸不会相信我，他会以为我在编故事！"

"我陪你去。"尔旋说。

她歪着头打量尔旋，哼了一声。"你陪我去恐怕更糟，他准以为我被一个花花公子骗了！你看来……又危险又狡猾！"

"真的吗？"尔旋也打鼻子里哼着，"从没有人说过我狡猾。"

"想得出这样的计划，就够狡猾了！"她说，一个劲儿地摇头，"不成，不成。我爸虽然巴不得我能离开一段时间，可是，绝不会允许我坠入什么古怪的陷阱，被登徒子拐跑。"

"我像登徒子吗？"尔旋没好气地问。

"说实话，有些像，你长得像年轻时代的路易斯·乔登，路易斯·乔登就是标准的登徒子相。"

"我不知道——你是在骂我，还是恭维我？"尔旋挑高了眉毛，"如果我不陪你去，你有更好的建议吗？"

"兰姑！"她叫，"兰姑是最有力的说服者！她又忠厚又慈祥又温柔，谁都会相信她的！"

于是，兰姑陪着她去见了父亲，她们几乎用了整整一个下午，来述说这件事的来龙去脉，来说服陆士达让她去做这件"荒谬的冒险"。她记得父亲的惊讶与怀疑、困惑与不信任，他说："听起来，像个现代童话！"

"我正要试着，把现代童话变成现代神话！"她对父亲说。

"童话与神话有什么不同？"陆士达皱紧眉头。

"童话属于孩子，神话属于成人。童话大都是编造，神话里有奇迹。爸，我需要奇迹。"

父亲若有所触，看了她好一会儿。

父亲"考虑"了两天，后来，雅晴才知道父亲并非"考虑"，而是"调查"，他查清楚了整个桑家的背景，桑老太太的过去与现在，证实了兰姑的故事。他同意了。不止同意，他还给了雅晴最深挚的祝福与鼓励。

"既然去了，就只许成功，不许失败。"他说，"避免拆穿底牌，我不能和你联络，但是，你要时时刻刻告诉我你的进展。"

"如果我没有消息给你，"她笑着说，"也就表示一切顺利了，我总不能公然在桑家打电话给你！"

于是，她来了。于是，她离开了陆家，走进了桑家。于是，她剪短了头发，修细了眉毛，买了成打成打深紫浅紫、白色、黑色的服装……于是，她从雅晴变成了桑桑。

现在，她躺在桑桑的床上。

太阳早已爬上了窗棂，那淡紫色的窗帘在阳光下透出紫水晶般的色泽，窗台上放着一盆石榴花，她没想到石榴到七月还开花，那红艳艳的花朵在紫色阳光的照耀下，有种迷人的色泽。她环顾室内，落地长窗、梳妆台、小书桌、小书架、古董架……事实上，这房间她早已看得好熟好熟了。桑家兄弟从电影上学来一套很科学的办法，他们把桑园的每间房间、每个角落，都拍了无数幻灯片，反复放映给她看，她早就记熟了桑家的一切，包括那只白狐狸狗和老花猫。

小白！那只要命的狐狸狗！昨天下午，她差点被这家伙给"穿帮"了。她那时正和奶奶坐在客厅里"乱盖"，反正，昨天一天从早到晚，她就一直说个没停，叽叽喳喳的就像只多话的小鸟，腻在奶奶怀里，赖在奶奶身边，伏在奶奶膝上……告诉奶奶在"美国"的一切又一切；冬天的雪、夏天的热、麦当劳的汉堡、肯德基的炸鸡、嬉皮的当街游荡、百货店职员的罢工游行……说得那么绘声绘色，听得桑家两兄弟都傻了眼。他们不知道，她已经快把外国电影里看来的东西都用光了。那时，她正顺着嘴说：

"我住的女子公寓隔壁，有兄弟两个，哥哥叫史塔基，弟弟叫……"她的"哈奇"幸好没来得及说，否则非给宜娟听出漏洞来不可，因为尔旋已经在"咳嗽"了，她说溜了嘴，把电视影集《警网双雄》里的两个男主角也搬出来了。反正，就在她提到"史塔基"的时候，那只要命的狐狸狗进来了。桑家两兄弟虽然串通了兰姑和纪妈，但是显然没串通这只狐狸狗！这家伙一进门就对着雅晴龇牙咧嘴，一股凶相，然后居然又吼又叫，大大示威起来了。雅晴吓得跳到沙发上，眉头一皱，只得抱着奶奶耍"赖皮"，一迭声地嚷开了：

"哎呀，不来了！不来了！奶奶，你们把我的小白弄到哪儿去了？怎么换了这样一只大凶狗！我的小白呢？我的小白呢？""噢，"奶奶慌忙拍抚着她的背脊，像哄孩子似的，"这就是小白呀！"奶奶回头瞪小白，气呼呼地怒斥着："小白，坐下！你疯了？连主人都不认识了？""这就是小白？"雅晴睁大眼睛一股又惊讶又愕然又天真无邪的表情，"乱讲！我的小白只有这么一点点大！"她用手比划，心里有些打鼓，老实说，她忘了问清楚，桑桑离开的时候小白到底有多大。"傻丫头！"奶奶笑得弯了腰，"小狗会长大呀！你走了三年多了呢！哎。"奶奶伸手摸摸小白的头，那狐狸狗已经不情不愿地伏下了身子，仍然用颇不友善的眼光瞪视着雅晴。"畜生就是畜生。"奶奶下了注解，反而安慰起雅晴来了，"你不能希望经过三年时间，它还能把你记得牢牢的！"

"我的小白不会忘记我，"雅晴噘起了嘴，豁出去地演起戏来，"这变成大白了，不好玩了，准是有了男朋友……"

"咳！"尔旋重重地咳了一声嗽，重得连奶奶都听到了，她抬起昏花的老眼，看着尔旋说：

"你怎么啦？一定是感冒了。今天你咳了好几次了！"

"我最近喉咙一直不大舒服。"尔旋说，若无其事地走到视窗去，忽然大发现似的嚷起来，"桑桑，你快来看，那花棚上的茑萝……你还记得吗？"

"我种的茑萝吗？"雅晴欢呼着，从沙发上跳下来，冲到那视窗去看。尔旋才在她耳边低低地说：

"不要演戏演得太过火。小白是只公狗！"

谁知道小白是公狗呢？从没有人告诉过她。演戏演得太过火！她躺在床上，瞪着天花板，想着尔旋的警告。尔旋、尔旋、尔旋……她又想起昨天那一吻了。那代表了什么？他吻了她！为什么？她下意识地用舌头舔舔嘴唇，觉得心中陡然涌塞起一股暖洋洋、昏沉沉的情绪，四肢都软软的，像有一片温柔的浪潮在卷拥着她。

尔旋，她低念着这个名字，要命！她从床上直跳起来，他是你的二哥呀！起床吧，桑桑不见得有赖床的习惯，她看看手表，快十点钟了。她起了床，这房间是套房，有私人的浴室。她梳洗了，对着镜子，她细心地让额前的小发卷垂下来，遮掉她那两道太浓的眉毛。打开衣橱，她选了件薄麻纱的浅紫色洋装，对镜自视，颇有份飘逸潇洒的味道。她对自己很满意，不管她看起来像不像桑桑，今晨的她，是清新雅致活泼而且神采焕发的。她轻悄地走到房门口，轻悄地打开房门，轻悄地穿过二楼的客厅，往楼梯口走去，还没到楼梯口，她就听到奶奶的声音了。奶奶耳朵聋，她常常自以为在说"悄悄话"，实际声音却并不小："……你们谁都不要去吵她，让她多睡一会儿。坐了十几小时的飞机呢！昨天又根本没休息，只是说啊说啊的。噢，兰丫头，我有没有做梦啊？她是真的回来了，是不是？纪妈，她是真的回来了，是不是？尔凯，你们别笑我啊，我昨夜就是睡不着，我一直想啊想啊，她比以前更漂亮了，是不是？她这次回来，你们都要让着她一点，不能再把她气走了……哎，她的那些照片呢？谁把她的照片都拿走了？"

"是我。"尔旋的声音，"奶奶，桑桑已经回来了，以后你可以面对她本人，不需要拿着她的照片发呆了！那些旧照片没一张照得好的，桑桑自己都不喜欢！"

想得周到！雅晴想。那些照片确实是她的威胁，如果宜娟够聪明，只要拿照片跟雅晴本人好好地核对一下，不难找出十个以上的不同点。"那么，桑桑是真的回来了？是不是？"奶奶又在问了，"她确实回来了，是不是？不是我在幻想了，是不是？……"

傻气呵！奶奶！雅晴又觉得眼眶发热，简直忘了自己是个冒充者了。她蓦然间飞快地奔下楼梯，飞快地扑向奶奶，飞快地抱住奶奶的腰，又飞快地吻在奶奶的面颊上，就一连串地喊了出来："傻奶奶！傻奶奶！傻奶奶！你看，我不是真的在这儿吗？你不是看得到我，听得到我，摸得到我，抱得到我吗？傻奶奶！傻奶奶！"她把头埋进她怀中，乱钻乱拱，像只小猫，"你怎么这样傻气呵！"

"别闹，别闹，"奶奶笑开了，笑得咯咯咯的，"你弄得我浑身痒酥酥的！抬起头来，让奶奶看你！"

第四章

"昨天看了一整天，还没看够吗？"尔凯在说。

雅晴抬起头来，悄眼看尔凯，一面从眼角找尔旋。

"奶奶，"她撒娇，"大哥总是和我作对……"

奶奶的身子惊颤了一下，她揽紧了雅晴。

"不会不会！"她急切地保证着，"有奶奶在呢！没有人会和你作对了，大家都疼你，大家都爱你，真的！"

雅晴在奶奶那迫切的保证下，惊觉到往日这家庭中曾发生过的"战争"。当时，不知奶奶是站在哪一边？她注意到尔凯的神色阴暗了。而尔旋，他正笑嘻嘻地拍了一下手，显然想把大家的注意力移开。"桑桑，你真懒，害得全家饿肚子，等你吃早餐！以后如果你还是这么晚起床，对不起，我们要先吃了去上班。你只好跟奶奶一块儿吃！"

"谁要你们等我？"雅晴接口，"我宁愿和奶奶一块儿吃！"

"哦，不领情呢！"尔旋笑了，"老实说，桑桑，为了庆祝你回家，我和你大哥今天都不上班，在家里陪你！瞧！你的面子够大吧？"陪我？雅晴有些失笑。正经说，你们两个都不放心，"狐狸狗"事件不能再发生，你们只好在家里"静以观变"，好随时做适当的掩护。大家走进了餐厅，纪妈把早餐弄得好丰盛，榨菜炒肉丝、蚂蚁上树、皮蛋拌豆腐、油炸花生米，外加酱瓜、肉松、干丝、面筋……一大堆小菜，热腾腾的稀饭在冒着蒸气，满餐厅都是菜香。桑桑挨着奶奶坐下了，尔旋才忽然若有所悟地望着雅晴，问："桑桑，你还吃得来清粥小菜当早餐吗？在国外住了三年，要不要吃烤面包，或是冲杯牛奶？还是要杯咖啡什么的？"

雅晴看了他一眼，他眼里有着真切的关怀与疑问。她心中又激荡过一阵温柔的暖流，因为她知道，他这话并不是在问"桑桑"，而是在问"雅晴"。

"噢，不。"她恳切地说，"在国外，要吃这样的早餐都吃不到呢！我做梦都梦到纪妈的榨菜炒肉丝！我不要面包，我吃得腻死了！"

奶奶盯着她。用那昏蒙不清的眼光，努力集中视线，又怜又爱又惜又疼地看着她。"晚上睡得好吗？棉被会不会太厚或是太薄了？有没有关好窗子？夜里没做噩梦吧？我们早上有没有吵你？屋里没蚊子吧？有什么想要的东西吗？……"

几千几百个问题呀！几千几百种挚爱呀！桑桑何幸，生在这样的家庭；桑桑何不幸，离开了这样的家庭！

"奶奶，"她咽下一大口稀饭，"我什么都好，睡得又香又甜，梦里都是奶奶！"

"马屁精!"奶奶笑着用筷子打她的手腕,眼眶又湿了,"既然这么想奶奶,怎么三年多了才回来!"

"人家在念书嘛,在念那个鬼硕士嘛……"

"噢!"奶奶顿住了,忽然想起了什么,脸上掠过一阵痉挛,她有些紧张地望着雅晴,小心翼翼地说,"你瞧,奶奶是乐糊涂了,最重要的事都忘了问你。桑丫头——"她伸伸脖子,困难地、担心地、艰涩地问了出来,"你这次回家,是——度假呢?还是——长住呢?"

她迎视着奶奶的目光,收起了笑容。

"奶奶,"她吞吞吐吐地说,"我——一直没有拿到那个硕士学位。"

"呃,"奶奶似乎哽住了,她的筷子停在半空中,"你的意思是,你还要回去拿那个学位。"

"我的意思是……"她低哼着。

"说大声点,奶奶耳朵不行了,听不清楚。"奶奶提心吊胆地把头凑近她。"我是说——"她提高了声音,"去他的硕士学位!只要奶奶不在乎我出去白混了三年,我就再也不走了,全世界,没有一个地方比家更好!那个学位……""哎哎哎,桑丫头,"奶奶如释重负,眉开眼笑了,"什么鬼硕士哟!奶奶从没有要你当女学者呀,这下好了!这样说,你是回家长住?""回家长住了!"她点着头。

"雨兰!纪妈!尔凯!尔旋!你们都听到了?"奶奶环桌四顾,笑得像个小孩子,"你们都听到了?你们都听到了?你们都听到了?"她重复地问。

"都听到了!"尔旋接口,他的眼光紧紧地落在雅晴脸上,语重而心长,"你说的,你会在家里长住了!我们都是证人。"

不知怎的,雅晴觉得尔旋似乎话中有话,他眼中的光彩那样特别,她的脸竟然蓦地发热了。

接下来的一天顺利极了,雅晴没有出任何的差错,奶奶一直开心得像个小娃娃。尔凯、尔旋、兰姑、纪妈也都一块石头落了地,大家绷紧的情绪都放松了。空气说多融洽就有多融洽。晚上,宜娟也来了,大家说说笑笑的,一天就飞驰过去了。真好,当桑桑也不错,雅晴简直有些晕陶陶了,觉得众星捧月,自己在"雅晴"的生命里,还没有当过这样的"主角"呢!深夜,雅晴才回到自己的卧房,因为奶奶拉着她的手,就是不肯回房,好不容易,才在兰姑的连哄带骗下,把她送上床去了。雅晴待在"桑桑"的卧房里,倚窗而立,可以看到花园里的花木扶疏,和那棵梧桐树。掠过围墙,还可以看到外面的湖水,真没料到这儿的视野如此广阔,而风景又如此优美!昨晚自己"演戏"演得太累了,倒床上就睡了,竟没发现这房间的优点。她在窗前站了好久好久,聆听着花园里的虫声、湖畔的蛙鸣,看着天边的一弯月亮,和那草丛里萤火的明灭。多么静谧呀!多么安详呀!多么温馨呀!窗子大开着,从湖面吹来一阵阵凉爽的夜风,比冷气还好。她深吸着那清凉的风,让自己沐浴在那凉风里,她的头发飞舞而衣袂翩然。好半晌,她离开了视窗,精神好得很,她了无睡意。走到书架边,她想找本小说来催眠,书架上的书很多，不知道是不是桑桑留下的。有一些翻译小说：《飘》《简·爱》《大卫·科波菲尔》《琥珀》《包法利夫人》……要命，都是她看过的。有些现代台湾的文艺作品，她看了看书名，大部分也是她看过的。然后，她看到一沓乐谱，桑桑会弹吉他，桑桑会唱歌，桑桑爱音乐……她随意拿起一本乐谱，翻开一看，密密麻麻的五线谱，上面爬满了小蝌蚪，这种小蝌蚪爬楼梯的玩意儿雅晴从小就弄不清，音乐老师有一次曾经指着她的脑袋骂她笨蛋。她放下了这本乐谱，翻了翻别的音乐书籍，有本书名字叫《认识和弦》。认识和弦？天知道什么叫"和弦"！她不经心地拿了起来，随手翻弄着，只看到一大堆的图表，写满了 C 和弦、G 和弦、F 和弦、Am 和弦、Dm 和弦……看得她一头雾水。正要放回原处，有张纸轻飘飘地落了下来。她拾起那张纸，打开来，是一张手抄的乐谱，却是用简谱写的。这引发了她的兴趣，她望着那歌曲的名字：《梦的衣裳》。梦的衣裳？这就是桑桑爱唱的那支歌了？当初她就觉得歌名古怪得厉害，却也妩媚得厉害。梦的衣裳！怎样一件衣裳呢？她摊平了那张纸，开始看了下去：

我有一件梦的衣裳，

青春是它的锦缎，

欢笑是它的装潢，

柔情是它的点缀，

我再用那无尽无尽的思量，

把它仔仔细细地刺绣和精镶。

每当我穿上了那件衣裳，

天地万物都为我改了模样，

秋天，我在树林中散步，

秋雨梧桐也变成了歌唱。

冬天，我在花园中舞蹈，

枯萎的花朵也——怒放！

有一天我遇到了他，

他背着吉他到处流浪，

只因为他眼中闪耀的光彩，

我献上了我那件梦的衣裳！

我把衣裳披在他的肩上，

在那一瞬间，在那一瞬间，

日月星辰都变得黯然无光！

我有一件梦的衣裳，

如今已披在他的肩上，

我为他的光芒而欢乐，

我对他只有一句叮咛：

请你请你请你——把这件衣裳好好珍藏！

　　她念了一遍，不由自主地，她再念了一遍。她自认对文学诗词歌赋都一窍不通。但是，不知怎的，她被这歌词迷住了。她不由自主地想起桑桑，穿一身飘然的紫色衣裳，拿一把吉他，坐在梧桐树下，清清脆脆、悠悠扬扬、委委婉婉地唱着：

……

我有一件梦的衣裳，

如今已披在他的肩上，

我为他的光芒而欢乐，

我对他只有一句叮咛：

请你请你请你——把这件衣裳好好珍藏！

怎样一件梦的衣裳！如今，那披着这衣裳的男孩呢？那使日月星辰都变得黯然无光的男孩呢？他可曾将这件衣裳好好珍藏？他可知道那献上衣裳的女孩已经与世长辞？雅晴握紧了那张歌谱，一时间，她想得痴了、迷了、出神了。桑桑和那件梦的衣裳！弹吉他的男孩和那件梦的衣裳！噢，她多好奇呀，多想知道那个故事呀！她也陷进某种共鸣似的情绪中，蓦然觉得自己在情绪上和那个已逝的桑桑确有灵犀相通的地方。梦的衣裳！她发现这四个字的神秘了；她也有一件梦的衣裳呵，一件用青春和柔情编织而成的衣裳，只是，不知道她这件衣裳，该披在谁的肩上？她眼前模糊地涌出一张脸孔：那年轻的、热情的、坚决而又细腻的脸……天！是桑尔旋的脸呢！她甩甩头，下意识地又走回窗前，注视着窗外的梧桐树，苍白的树干在月光下耸立着，心形的叶片摇曳在夜风里。桑桑坐在梧桐树下抚琴而歌，小鸟儿都停下来倾听……她摇了摇头，花园里静悄悄的，梧桐树下空荡荡的。她侧耳倾听，有风声，有树声，有虫鸣，有蛙鼓……没有吉他声，也没有歌声。她走回床边，倒在床上，手里紧握着那张歌谱。

那夜的梦里全是音乐，全是吉他声，全是和弦，全是"梦的衣裳"！

接下来的好几天，日子过得又甜蜜又快活，一切顺利得不能再顺利，奶奶从早到晚地笑逐颜开。所有的心思全放在"桑桑"身上，桑桑要吃这个，桑桑要吃那个，桑桑的房里要有花，桑桑的小花猫要洗干净，桑桑的衣服要烫平，桑桑的被单要天天换……老天，难道这桑桑又是美食主义者，又有洁癖？当她悄问兰姑时，兰姑才笑着说：

"什么洁癖？桑桑席地就能坐，大树也能爬！这都是奶奶，她心目里的小桑桑，等于是个公主。十二层垫被下放了颗小豆子，也能把她的小桑桑闹得睡不着觉！"

不管怎样，雅晴热衷地扮演了桑桑，也成功地扮演了桑桑。一个星期来，她除了和尔旋出去到附近的湖边散散步，到小山林里走走——她发现山上还有个小庙，居然香火鼎盛，怪不得她常听见钟声——几乎就没出过大门。当然，她和父亲联系过了，趁奶奶睡午觉时，她和父亲通过电话，父亲笑得好亲切好开心："我以你为荣，雅晴，祝你好运！"

好运？我确实有好运！她想，有三个女人宠她，有两个男人尊重她，在桑家，似乎比在陆家好了几百倍！不生气，不小心眼儿，不懊恼……每一个新的日子，是一项新的挑战。每晚，她躺在床上，会对着天花板悄悄低语：

"我愿意这样子，我愿意这种日子一直延续下去！"

有天下午，李医生带着他的医药箱来了。他是桑家将近二十年的老朋友了，幸好雅晴早就在照片上认识了他。李医生看到雅晴那一刹那，雅晴知道自己真正面临考验了，尔凯尔旋兄弟把桑桑的死讯保密得十分彻底，连李医生都不知道。雅晴站在客厅中间，笑望着李医生。

"您看！"她扬眉毛，瞪大眼珠，"是谁回来了？"

李医生一怔，推了推眼镜片。希望你的近视加深了，雅晴想着。希望你也老花了，要不然，就要感谢这时代，又是电视又是书籍又是科学仪器，人类的眼睛最难保护。李医生的视力一定不是很好，因为，他一下子就笑开了，在雅晴肩上轻拍了一下，他大声说：

"好小姐，你总算回来了！"

奶奶笑得又幸福又欣慰又骄傲：

"你瞧，咱们的小桑桑变了没有？"

李医生一本正经地看了看"桑桑"。

"白了点儿，胖了点儿，外国食物营养高……"

"算了算了！"雅晴一迭声地嚷，"什么外国食物啊？都是奶奶、兰姑和纪妈三个人联合起来喂我，李大夫，你趁早告诉奶奶，有种病叫营养过剩症，她们再这样强迫我吃东西，非把我喂出毛病来不可！"

"真的……"李大夫笑着才开口。

"别听她！"奶奶已经打断了李大夫，"刚回来那两天，你不知道，身上就没几两肉，你想，咱们家的孩子怎么吃得来生牛肉、生菜、生猪排、生鱼生虾的，外国人到底没开化，什么都吃生的！有次尔凯兄弟两个强迫我去吃西餐，啊呀，牛肉还带着血，八成刚从牛身上切下来的，我看得直恶心，一个月都不想吃肉！啧啧，"奶奶又摇头又笑又叹气，"想到桑丫头在国外吃了三年生肉，我就心都扭起来了。"

全家人都笑了，李医生也笑了，"桑桑"也笑了，一面笑，一面对李医生咧着嘴伸舌头做鬼脸。

那天，李医生给奶奶详细检查了身体。尔凯尔旋两兄弟争着送他出去，李医生在大门外，对两兄弟奇怪地说：

"怪不怪？她在进步！"

尔旋深吸了口气："并不怪，我知道精神治疗有时会造成奇迹！"

"是的。"李医生深思地说，"桑桑比什么药方都好，到底是孝顺孩子，她的硕士学位怎样了？"

"放弃了。"尔凯答得流利，"奶奶和学位比起来，当然是奶奶重要。"他盯着李医生，正色问："她有起色了，是不是？她会好起来吗？""尔凯，"李医生深深地看他，语气郑重而温柔，"奶奶的整个身体，已经是一部老机器了，这么些年来，这老机器已尽了它每一分力量，现在，每个螺丝钉都锈了都松了，马达也转不动了。对生命来说，新陈代谢，是找不到奇迹的。"

"那么，"尔旋悲哀地问，"她还有多久？"

"上次我诊断她，认为不会超过三个月，现在，我认为，可能还有五个月。"

"下次，你说不定会认为还有一年。"尔旋满怀希冀地说。

"我希望如此！"李医生感动地微笑着，"尽量让她快乐吧！当了四十年医生，我唯一省悟出来的道理，人生什么都不重要，快乐最重要。"

医生走了。雅晴在尔旋兄弟两个脸上看到了真切的感激，她知道，自己这场戏有了代价！望向奶奶，噢！她在心底热烈而期盼地狂喊着：但愿奶奶长命百岁，但愿奶奶永远不死！

戏是演得顺利极了。只是，这天晚上，却出了一件意外，一件谁也没有料到的"意外"。

"意外"是由曹宜娟带来的，雅晴相信，宜娟绝无任何恶意，怪只怪她对桑桑的事了解得太少又太多，显然尔凯很避讳和她谈桑桑，宜娟对桑桑的过去完全不知道。奶奶在寂寞和怀念中，一定又对宜娟谈了太多的桑桑，因而宜娟竟知道了桑桑的爱好与特长。晚上，大家都坐在客厅里东拉西扯，听"桑桑"叙述她在洛杉矶"亲眼目睹"的一场"警匪追逐战"。她正说得有声有色时，宜娟来了。近来，宜娟有些刻意模仿"桑桑"的打扮，她穿了件宽松上衣，和一条紧身的AB裤。只是，因为她属于丰满型，不像雅晴那么苗条，这打扮并不非常适合她，但足见她"用心良苦"。她进了门，笑嘻嘻的，手里抱着一件又高又大的东西，是一个崭新的吉他盒子！

"瞧！桑桑！"她讨好地、兴奋地、快乐地笑着，"你看我给你带了什么来？奶奶和兰姑都告诉过我，你的吉他弹得棒透了！我猜，你的吉他一定丢在美国没带回来，这些日子你也忙得没时间出去买，我就去帮你买了一个！"她打开琴盒，心无城府地取出那副吉他，吉他上居然还用小亮片，饰上"S.S."两个字母，来代表"桑桑"。她举起吉他，完全没有注意到室内空气的紧张和僵硬，她一直把吉他送到"桑桑"面前去："快，桑桑，你一定要弹一支歌给我们听！唱那支《梦的衣裳》，好吗？"雅晴僵住了。飞快地，她抬起睫毛来扫了尔旋尔凯兄弟两个一眼，两兄弟都又紧张又苍白。她心中涌起一股怒气，气这兄弟两个！他们该告诉她有关吉他和《梦的衣裳》的故事，他们该防备宜娟这一手。现在，这场戏如何唱下去？她生气了。真的生气而且不知所措了。掉头望着奶奶，奶奶正微张着嘴，着了魔似的看着那吉他，她竟看不出奶奶对这事的反应。她急了，怔了，想向兰姑求救，但是，来不及了，宜娟又把吉他往她面前送："桑桑！"她妩媚地笑着，"拿去呀！你调调音看，不知道声音调好了没有！""宜娟！"骤然间，尔凯爆发似的大吼了一句，怒不可遏地大叫，"拿开那个东西！你这个笨蛋！"

这一吼，把雅晴给惊醒了。顿时间，她做了个冒险的决定，她只能"歇斯底里"地发作一番，管他对还是不对！她倒退着身子，一直往楼梯的方向退去，她相信不用伪装，自己的脸色也够苍白了，因为，她的心脏正擂鼓似的狂跳着，跳得快从喉咙口跑出来了。她开始摇头，嘴里喃喃地、讷讷地、不清不楚地喊着："不！不！不！不要吉他！不要吉他！不要吉他！"

她抬眼看奶奶，她的头摇得更凶了，摇得头发都披到脸上来了。她重重地咬了一下舌头，痛得逼出了眼泪，她哭着抓住楼梯扶手，尖声哭叫：

"不要！奶奶！我不要吉他！我不会弹吉他！我不会唱歌！我不会！我不会！我不会！拿开那个！奶奶！奶奶！奶奶呀！"

第一个向她扑过来的是兰姑，她一把抱住雅晴的身子，大声地嚷着："桑桑！小桑桑！没有人要你弹吉他，没有人要你唱歌，你瞧，没有吉他，根本没有吉他！"她俯下身子，假装要安定她，而飞快地附在她耳边低语了一句："演得好，继续演下去！"

得到了鼓励，雅晴身上所有的演戏细胞都在活跃了，她把整个身子伏在楼梯扶手上，让头发披下来遮住了脸，她似乎哭得上气不接下气："奶奶，你告诉他们……你告诉他们……我不要弹吉他！我不要！奶奶……"奶奶颤巍巍地过来了，她那满是皱纹的、粗糙的手摸上了雅晴的头发，她的胳膊环绕住了雅晴的头，她的声音抖抖索索，充满了焦灼、怜惜、心疼与关切地响了起来：

"我告诉他们，我告诉他们，宝贝儿，别哭别哭我告诉他们！"奶奶含泪回视，怒声吼着："谁说桑桑要弹吉他？我们家永远不许有吉他！纪妈，把那把吉他拿去烧掉！快！"

纪妈"噢"了一声，大梦初醒般，从宜娟手里夺下吉他，真的拿到厨房里去烧起来了。宜娟愣愣地站在那儿，像个石膏像，嘴唇上一点血色都没有，她实在不知道自己做错了什么。雅晴的"戏"不能不继续演下去，事实上，她也不明白该演到怎样的程度再收场。她软软地在楼梯上坐了下来，身子干脆伏到楼梯上去了。她哭得一直抽搐，嘴里叽里咕噜地在说些她仅有的"资料"：

"我恨大哥！我恨大哥！没有衣裳……没有梦，我什么都没有……我恨大哥！我恨你们！我恨你们！没有……梦的衣裳……"她呜咽着，悲鸣着，挖空心思想下面的"台词"，"奶奶，我不要再提这件事了，奶奶，我不弹吉他了，不唱歌了，自从到美国，我就……不唱歌了。我只有奶奶，没有梦也没有歌了……"好一句"没有梦也没有歌"，这不知道是哪本小说里念来的句子。她心里暗叫惭愧。而奶奶，却已经感动得泪眼婆娑。她坐在雅晴身边，用手不住抚摸她，不停地点着头，不停地擦眼泪，不停地应着："是啊！是啊！奶奶懂，奶奶完全懂！好孩子，宝贝儿，桑丫头……奶奶知道，奶奶都知道……"

雅晴仍然伏在楼梯上喘气，桑尔旋大踏步地走了过来，低头望着雅晴，他简单明了地说："奶奶，她受了刺激，我送她回房间去，她需要休息……把她交给我吧，我会和她谈……放心，我会让她平静下来……"在雅晴还没有了解到他要做什么之前，忽然被人从地上横抱了起来。雅晴大惊，生平第一次，她躺在一个男人的臂弯里。尔旋抱着她往楼上一步步走去，她暗中咬牙切齿，却无能为力。从睫毛缝里，她偷看尔旋，尔旋正低头注视她，他的眼睛亮得闪烁而神情古怪。她迅速地再合上眼。混蛋！她心中暗骂着，又让你这家伙占了便宜了！她挣扎了一下，他立即把她更紧更紧地拥在胸前，在她耳边低声说：

"不要乱动，奶奶还看着呢！"

她真的不敢动了，躺在那儿，贴在他那男性的胸怀里，闻着他身上那股男性的气息，她又有那种迷乱而昏沉的感觉，又有那种懒洋洋、软绵绵的醉意。老天，这段路怎么这样长，她觉得自己的面孔在发热，由微微的发热逐渐变成滚烫了。她相信他也感受到她身上的热力，因为……要命！他把她抱得更紧更紧了。终于走进了她的房间，他一直把她抱到床边去，轻轻地，很不情愿似的，把她放在床上。她正想从床上跳起来，他已经警告地把手压在她身上。她只得躺着，侧耳听着门外的声音。尔旋把一个手指压在她唇上，然后，他转开去，走到门口，他细心地对门外张望了一下，就关上了房门，而且上了锁。他走回床边。她仍然躺在床上，一动也不动，瞪视着尔旋。

"很好，"她憋着气说，"我们的戏越演越精彩了！"

"是的，越来越精彩了。"

他说，坐在床沿上。俯下头来，他第二次吻住了她。

她的心跳加速，所有的血液都往脑子里冲去。他的嘴唇湿润温柔而细腻，辗转地压在她的唇上。她的头更昏了，心更乱了。理智和思想都飘离了躯壳，钻到窗外的夜空里去了。她不知不觉地抬起手来，环抱住他的脖子。不知不觉地把他拉向自己。不知不觉地用唇和心灵回应着他。好久好久，几个世纪，不，或者只有几秒钟，他的头抬起来了，他的眼睛那么亮，他的脸孔发红，他的呼吸急促……她躺在那儿，仍然不想动，只是默默地望着他，静静地望着他。在这一瞬间，她明白了。为什么她会来桑园，为什么她会去"花树"，为什么她注定在那个下午要遇到他，为什么她甘心冒充桑桑……因为这个男人！命中早已注定，她会遇到这个男人！

尔旋用手指轻轻地抚摸她的眉毛、她的鼻子、她的嘴唇，和她那尖尖的小下巴。"天知道，"他哑声说，"我每天要用多大的力量，克制自己不要太接近你！天知道你对我的吸引力有多强！天知道你使我多迷惑或多感动多震撼！你的机智、你的聪明、你的善良、你的伶俐、你的随机应变……老天！"他大大喘气，把她从床上拉起来，拉进了他的怀中。他用双臂紧箍着她，而再度把嘴唇落在她的唇上。片刻之后，他把她的头压在自己的胸前，她听到他的心脏在剧烈地跳动着。"听着！雅晴，"他热烈地低语，"你要设法距离我远一点，否则，你不会穿帮，我会穿帮了！"

她多喜欢听这声音呀！她多喜欢听这心跳呀！她多想就这样赖在这怀里，再也不要离开……噢，我们的合同里没有这个！噢……我却一直在等待着这个！她悄悄地笑了，羞涩地笑了。原来，这就是爱情！原来，这就是让桑桑宁可放弃生命而要追寻的东西……桑桑，她一震，理智回来了，思想也回来了，她赶快推开他，急促地说："你还不下楼去！你会引起怀疑了！"

"我知道。"他说，却没有移动。

"你们害我差点出丑，知道吗？你应该告诉我桑桑和万皓然的故事，还有那支《梦的衣裳》！"

"我知道。"他再说，仍然热烈地盯着她。

"什么时候告诉我？"

"改天。"他轻轻地拂开她面颊上的发丝，紧紧地注视她的眼睛。"答复我一个问题！"他说。

"什么？"

"有一天，当你不需要当桑桑的时候，你还愿意姓桑吗？"

她转开头去，悄笑着。

"到时候再说！"

"现在！"他命令。

"不！我不知道。"

他温柔地用胳膊搂着她："真不知道？"

"不知道，不知道，不知道……"她一连串地低哼着，有三分羞涩，有七分矫情。

他的胳膊加重了压力。"你敢再说不知道，我就又要吻你了！"他威胁着。

"不……"

他闪电般地用唇堵住她的嘴。

门外传来一阵脚步声。他们飞快地分开了，他惊跳起来，她立刻躺倒在床上，闭上眼睛挥手叫他离开。尔旋走到门边，打开了房门，兰姑正搀着奶奶，在门外探头探脑呢。

"她怎么样？"奶奶关怀地问。

"劝了她半天，总算把她安抚下来了。"尔旋说。

雅晴躺在床上，闪动眼睑，想笑。她只好一翻身，把头埋进枕头里去了。

"我没想到，隔了三年多了……"奶奶感叹着，"这孩子还没有忘记万皓然啊？"

"嘘！"尔旋警告地嘘着奶奶，"拜托拜托，我的老祖宗，你可千万别提这个名字！"

"哦，哦，哦，"奶奶结舌，"我实在是个老糊涂了，我知道，我知道，不提，以后绝对不提。"她伸头对床上张望，雅晴正在那儿不安静地左翻腾右翻腾，天知道！你怎么可能刚听到一个男人对你示爱以后，还能静静地"装睡"呢？"她没有睡着啊？"奶奶问，一向耳朵不灵，怎么偏偏又听见了。

雅晴干脆打床上一翻身，坐起来了。

"奶奶！"她叫。

"哟！"奶奶立刻走了进来，坐在床边望着她，伸手怜惜地摸她的面颊，"小桑子，你没睡着呀！"

"奶奶，"她扭着身子，脸上红潮未褪，呼吸仍然急促，情绪仍然高昂……奶奶，如果她姓桑，这声奶奶可真是应该叫的啊！她想着，脸就更红了。

"怎么，"奶奶摸她的脸，又摸她的额，"好像有些发烧呢！尔旋，我实在不放心，你还是打个电话，请李大夫来给她看看吧！""哎呀！"雅晴叫了一声，打床上跳到地上来了，"不要小题大做，好不好？我没事了！我只是……只是……"她转动眼珠，噘起了嘴。"我刚刚好丢人，是不是？"她委委屈屈地问，"我一定把大家都吓坏了，是不是？哎呀！"她真的想起来了，"宜娟呢？"

"在楼下哭呢！"兰姑说。

"哦！"她闪着眼睫毛，看着奶奶，"我……我并不想惹她伤心的！奶奶，我闯祸了，是不是？"

"没有没有！"奶奶拍抚着她的手，"不怪你，谁叫她毛毛躁躁冒冒失失地送东西来？"

"奶奶！"雅晴不安地耸耸肩，"人家又不是恶意，我……我……"她认真地握紧奶奶的手，认真地看着奶奶，认真地说："我不能再弹吉他了，奶奶。"她哀伤地说："我受不了！我也……再不能唱歌了！"

"我懂我懂，"奶奶慌忙接口，"忘记这些事，宝贝儿！再也不会发生这种事了！"

她如释重负。转过头去，她看到尔旋和兰姑，兰姑正对她悄悄地、赞美地含笑点头。尔旋呢？尔旋那对闪亮的眼睛是多么灼灼逼人啊！她转开眼珠，依稀听到楼下传来宜娟的哭声和尔凯的说话声。尔凯有罪受了，她想。她听到宜娟哭着在喊："……你骂我笨蛋！你凶得像个鬼！谁知道你妹妹是神经病！""你再叫！你再叫！"尔凯低吼着，"给奶奶听到了有你受的！""你家老的是老祖宗，小的是小祖宗，我不会伺候，"宜娟哭叫着，"干脆咱们分手！""分手就分手！"尔凯喊。

事情闹大了。雅晴求助地看了兰姑和尔旋一眼，就松开奶奶的手，冲出房门，直往楼下跑去。到了楼下，她正好看到宜娟冲出大门，她也往大门跑，一面直着喉咙喊：

"宜娟！宜娟！不要生气，宜娟……"

"让她去！"尔凯在后面怒气冲冲地喊，"不要理她！让她去！"

雅晴回过头来，瞪视着尔凯。"你疯了吗？桑尔凯！"她低低地说，"你还不去把她追回来？""让她去！"尔凯跌坐在沙发里，用手痛苦地抱住了头，"这是报应。我逼走桑桑，桑桑再逼走宜娟，这是报应。"

雅晴目瞪口呆地看着尔凯，这是演戏呀，难道你也演糊涂了？她张着嘴，简直不知道该说什么好了。

第五章

　　有好几天，雅晴都有些精神恍惚，总觉得自己的神志不能集中，内心深处，像有一道潜伏的激流，正在体内缓缓地宣泄开来。她仍然成功地扮演着桑桑，原来任何事情，都难在一个开始，一旦纳入轨道，什么都变得顺理成章了。奶奶从一开始，就根本没怀疑过桑桑的真实性，即使雅晴有什么和桑桑不同的小习惯，奶奶也会自然而然地把它归之于："到底在外面住了三年呢！"

　　一句话遮掉了所有破绽，雅晴认为不可能再出错了，除非是尔旋。尔旋确实变得越来越危险而不稳定了，他眼底经常流露出过多的感情，常常燃起一支烟，就对着雅晴呆呆痴望，一任那香烟几乎燃到手指。以至于"桑桑"确实在小心地避开尔旋了。但是，她的人是避开了，她的心却是甜蜜的，像发酵的酒般冒着泡泡，每个泡泡里都醉意醺然。

　　好在，尔旋的工作很忙。尔凯接收了父亲遗留下来的大部分事业，一家成功的贸易公司和好几家外国名厂的代理商。尔旋却开了家传播公司，包了好几个电视台的节目和时段，因此，他不止上班的时间忙，连晚上和深夜，他都经常不在家，要不就是和客户应酬，要不然就在录影棚里。尔凯的忙碌也不比尔旋差，但是，兄弟两个显然都有默契，他们尽量抽空回家，每晚总有一个是留在家里的。他们都了解一点，奶奶的岁月已经无多，而竭力在争取能相聚的每分每秒。

宜娟在三天后就和尔凯讲和了，雅晴看得出来，软化的不是尔凯，而是宜娟，她照旧来桑家，小心地讨好奶奶，也讨好"桑桑"，绝口不提"吉他事件"。兰姑私下告诉雅晴，她已经对宜娟解释过了，桑桑曾受过感情上的创伤，而不愿再弹吉他。也在那次私下谈话里，雅晴问过兰姑：

"当初桑桑引起家庭大战时，你和奶奶是站在桑桑一边呢？还是站在尔凯一边？"

兰姑沉默了片刻，然后抬头坦白地回答：

"尔凯一边。"

"奶奶也是？"

"是的。"

"尔旋呢？"

"也是。只不过不像尔凯那样激烈。"

那么，当初的桑桑，是处在孤立状况下了。雅晴沉思着，她还想问一些细节，兰姑已机警地避开了。怎么，他们全家对这件往事，都如此讳莫如深呵！

这天晚上，奶奶又犯了心脏疼的老毛病，李医生来打过针，告诉兰姑没有关系，老人需要休息。奶奶很早就睡了。尔凯和宜娟关在他的书房里——在这家庭中，大约空房间太多了，尔凯和尔旋都豪华到除卧房之外，还在楼下各有一间书房。尔凯小两口在书房中静无声响，大约在喁喁谈情吧。兰姑和纪妈早就成了闺中知己，都在厨房里料理第二天的菜肴，一面聊着些陈芝麻烂谷子的往事。尔旋——尔旋那晚偏偏不在家，他有应酬，晚上还要去摄影棚，安排一位影星上节目，他刚包下一家电影公司的全部宣传工作。

雅晴忽然觉得很寂寞，很无聊。这是来到桑家之后，第一次有这种寥落感。她在自己的屋里待了好一会儿，倚窗而立，她看到皓月当空，窗外月明如昼。依稀仿佛，她又听到山里传来的梵唱和钟声……她一时兴起，拿了一件兰姑为她钩织的紫色披肩，她下了楼，走到花园里。

没有人注意她。她在花园里走了走，摘下一串茑萝，在梧桐树下拾起一片心形叶片，有没有人注意过，梧桐叶子是心形的？她想起《梦的衣裳》中的两句：秋天，我在树林中散步，秋雨梧桐也变成了歌唱。那么，桑桑或者注意过了？

花园里静悄悄空荡荡的，很无聊！她走向大门，打开边门，她走出了"桑园"。顺着脚步，她往"桑园"后面的小径走去，这条路尔旋带她走过，可以直通湖畔，也可以绕到山上的小庙。她裹着披肩，夜色凉如水，夜色确实凉如水！她慢慢地，并没有一定的目标，只是顺着小径往前走，路边有许多野草，草丛里，流萤在闪烁着。她不知不觉就走到湖边来了，地上很干燥，连日都是晴朗的好天气，小径两边有合抱的大树，叫不出树名，却落了一地松脆的树叶。她踩着那树叶，又软又脆，窸窣作声，给了她一种又静谧又温馨又恬然的感觉。好极了，这样的夜，这样的湖水！

然后，她发现了一棵梧桐树，又高又大的梧桐树，她好惊奇，因为台湾的梧桐树是很少的。于是，她想起兰姑告诉过她的话，他们建造桑园时，保留了原来的一些树木，那么，这棵梧桐和桑园里的梧桐是同样很早就存在了。她走到梧桐树下，树下铺了一层落叶。梧桐是最会落叶的树。她站在那儿，双手交叉地抱在胸前，拉着披肩的角。她看着湖面，月光在湖上闪亮，像许多闪光的小飞鱼，在水面跳舞，她看得出神了。无意间，她抬起头来，想看月亮，却一眼看到耸立在湖对面的"桑园"，她怔了怔，从她所站立的这个角度，却正好看到桑家楼上面湖的窗子，有一扇窗内亮着幽柔的、浅紫色的光。她几乎可以看到那紫色的窗帘，在风中摇曳。她呆望着，轻蹙着眉梢，她的思想在飞驰着；脑海里闪过一些闪光又很快地熄灭了。梧桐树、窗子、心形叶片、梦的衣裳……她面前好像放着一盘七巧板，她却拼凑不起来，只知道一件事，从这个角度，从这棵梧桐树下，可以看到自己的窗子。那么，从她的视窗，是不是也可以看到这儿呢？不。她看过，湖的对面只是一片重重树影，如果没有光源，你绝对不可能看到湖对面的东西！何况，她也没必要去找湖对面的一棵梧桐树！

事情发生得太快，也太突然。

她正痴立在那梧桐树下，任何预感都没有，忽然间，她听到身后有某种声音，她还来不及回头，就觉得自己的身子被两只强而有力的胳膊牢牢地抱住了。她想喊，来不及了，那胳膊巧妙地把她转了个方向，她连对方是个什么人都没看清楚，就觉得有两片火热的嘴唇，像燃烧般紧贴住了她的。她想挣扎，对方只轻轻一推，她就倒在那松软的落叶堆中了，她趁倒下的片刻，睁大眼睛想看清楚这袭击自己的人物，想尖叫救命，但，对方发出了一声热烈的低语：

"桑桑，你终于来了！"

她及时咽下了已到喉咙口的尖叫。那男人对她压了下来，她被动地睁大眼睛只看到对方那狂野的眸子，闪着某种野性的、炙热的、燃烧着火焰似的光。这光使她惊惧，使她心慌，使她紧张而失措。那两片嘴唇重新贴住了她的。她感到他呼吸的热气吹在自己脸上，他的嘴唇带着强力的需索，她想闭紧牙关，可是，她做不到。他的吻不像尔旋，尔旋细腻温存，他却是粗犷激烈而狂暴的。她觉得自己整个身子都像着火似的燃烧起来了，连思想都烧起来了，因为她根本不能思想了……但是，他猝然放开了她，抬起头来，他用手一把拂开她额前的短发，把她粗鲁地移到树叶阴影的外面，让月光直射向她，他冷冰冰地开了口：

"你是谁？为什么要冒充桑桑？"

她挣扎了一下，想坐起来，但是，那人用双手压住她的双手，使她躺在那儿根本无法移动，他紧盯着她，声音粗鲁狂暴而愤怒，他再重复了一句：

"你是谁？为什么要冒充桑桑？"

她明白这是谁了。事实上，在她被袭击的那一刹那，她就应该知道这是谁了。她开始恢复思想，只是，还没有完全从那震惊中清醒过来。"放开我，万皓然。"她说。

"不。"他压紧她。那对燃烧的眼睛里充满了怒气和野性，他像个被激怒的野兽，他似乎想吃掉她。他磨着牙齿，使她初次了解什么叫"咬牙切齿"。他从齿缝里进出一串话来："你戏弄我，你这个混蛋！你故意站在窗子面前，故意让我看到你，你引诱我到这儿来等你，你却迟迟不露面，好不容易，你来了，你终于来了，一个冒充货！"

他举起手来，在她的惊愕与完全意外之下，他毫不思索地给了她狠狠一个耳光。她被打得头偏了过去，面颊上火辣辣地作痛，眼睛里直冒金星。这是她这一生里第一次挨耳光。立刻，愤怒、惊恐、委屈、疼痛……使她把所有的理智都赶跑了，她大叫了起来："你这个疯子！你凭什么打我？放开我！我不是你的桑桑，我没有安心要在你面前冒充她！我只是倒了十八辈子霉，会无意间走到这儿来！你放开我，你才是混蛋！难道因为我不是桑桑，你就可以打我？那么你去打全天下的女人？放开我！"她狂怒地挣扎，狂怒地叫，"你这个莫名其妙的疯子，你这个野人！你这个笨蛋……"他仍然压着她，但是，他的浓眉紧锁着，似乎在"思索"她的话。她越想越气，越想越恨……他压住她的那只手似乎有几千斤的力量，她就是挣不开他。在狂怒和报复的情绪下，她侧过头去，忽然用力一口咬在他的手腕上。他大惊，慌忙缩回手，又甩又跳。她乘机跳起身子，回头就跑，她才起步，他一把拉住她的腿，她摔下去了，他把她用力拖回到身边，她气得简直要发疯了。

"你干什么？"她怒声问，"我已经承认我不是桑桑，你为什么不放我走？"

"坐下来！"他命令地说，声音里竟有股强大的力量。仿佛他是专司发令的神，发出来的命令不容人抗拒。他不拉她了，却拍拍身边那落叶堆积的地面，一面审视自己的手臂。她看了一眼，那手臂上清楚地留下了自己的齿痕，正微微地沁出血来。"你相当凶恶，"他说，声音冷静了，冷静得比他的凶暴更具有"威力"，"看样子，你比桑桑还野蛮。"

她坐下了，不知道自己为什么会"坐下"。因为他的"命令"？因为他是"万皓然"？因为他浑身上下迸射出来的那股奇异的力量？因为他是"桑桑"的男友？因为他是一个故事的"谜底"？因为他披着件"梦的衣裳"？总之，她坐下了，坐在那儿气呼呼地盯着他。"我打了你一耳光，你咬了我一口，"他说，耸了耸肩，"我们算是扯平了。现在，你好好地告诉我，你怎么会来到桑园？怎么变成了桑桑？"她看了他一眼，现在，月光正斜射在他脸上，使他看起来非常清晰，他有张轮廓很深的脸，好像一个雕刻家雕出的初坯，还没经过细工琢磨似的。这是张有棱有角的脸、线条明显的脸。眉毛又粗又浓，鼻子挺直，下巴坚硬……他的眼神相当凌厉，几乎有些凶恶……她吸了口气，转了转眼珠。

"我为什么要告诉你？"她还没从愤怒中恢复过来。而且，她还不知道该不该说。他转头看她，眼中流露出一种特殊的光，一种让她害怕的光，那样森冷而狞恶，她几乎感到背上在发冷。

"你最好告诉我！"他简单地说，那种"威力"充溢在他眉梢眼底和声音里，"否则，我也有办法让你说！"

"我……"她再吸了口气，觉得在这样一个人面前，根本无力反抗，"我被桑家兄弟找来，冒充几个月桑桑，因为老太太只有几个月的寿命了。"她简短地说。

"她居然没看出来？"他不信任。

"她几乎半瞎了。"

他点了点头，锐利地看她。一瞬也不瞬，一个字一个字地问："那么，桑桑呢？还在美国？"

她觉得自己的膝盖在发抖，很不争气，她确实在发抖。她迎视着这对深刻的眼光，想着刚刚那强暴而炽烈的吻，她不知道如果她说出来了，他的反应会怎样。

"为什么不说？"他催促着，不耐地。

"她死了！"她冲口而出，觉得自己已经被这个人催眠了，他会让她说出所有的实话，"三年前就死了。"

他瞪了她一会儿，脸上一点表情都没有。

"怎么死的？"他从齿缝里问。

"他们告诉我，她在美国切腕自杀的。"

他死死地看了她好几分钟，这几分钟真像好几百个世纪。然后，他转开了头，望着湖面。再然后，他把头埋在弓起的膝盖里，一动也不动，像是已经变成了化石。

她望着他的背脊，那宽厚的背脊，几乎可以感觉他那结实有力的肌肉，他的头发又浓又黑又密，他的身子僵硬，双手紧紧地抱着膝。他就这样坐着，不动，也不再说话。她有些心慌，有些害怕，然后，她想逃走了。不知怎的，她怕这个人，怕他身上那种威力，怕他的狂热，怕他的狰狞，也怕他的冷漠。她移动了一下身子，刚刚想站起来，她就听到了他的声音，短促的、命令的、压抑的声音。由于他的头仍然埋在膝上，他的语音有些低闷，但却相当清晰：

"请你走开！""好的。"她说，站起了身子，她本来就想走了。她想，能从这怪物身边走开是件她求之不得的事了。

但是，她没有走。她不知道自己是怎么了，只晓得她忽然就折回到这男人面前，她跪下来，什么都没想，脑子里几乎是片空白，像是一种直接的反应，一种本能，她伸出手去，非常温柔非常温柔地把他那满头乱发的脑袋揽进了怀里。她用自己的下巴贴着他的鬓边，她的嘴唇贴着他的耳朵。

"你为什么不哭？"她低声说，"如果你哭一次，会舒服很多，为失去一个最心爱的人掉眼泪，并不丢脸。"

他猛然抬起头来，似乎被什么尖锐的东西刺中了心脏，他面孔发白而眼睛血红，他的脸色狰狞而可怖，额上青筋暴起，嘴唇发青。"滚开！"他低吼着。

"是。"她低语，从他面前站起身子，她转身欲去，他忽然伸出手来，握住了她的手。

她站住了，慢慢地回过头来，他仍然坐在那儿，微仰着头，凝视她。他的眼光里并没有悲切和愁苦，只有一抹深刻的阴鸷和某种固执的刚强。

"你很像她。"他说，声音稳定而清楚。

她点点头，不用他说，她也知道，否则，她怎能冒充桑桑。

"你知道是谁害死了桑桑？"他咬牙问。

"是她的家人，她的大哥，他们不该狠心地拆散你们！"她从内心深处说了出来。

"不。"他又在磨牙齿，"是我。"

"你？"她困惑而不解。

"我不该让她陷那么深，我不该让她爱上我，我不该任凭这段感情发展下去……"他盯着她，忽然问，"你叫什么名字？"

"陆雅晴。"她用舌头润着嘴唇，喉咙里又干又涩，"文雅的雅，天晴的晴。"

"雅晴，"他念着她的名字，又一遍说，"你很像桑桑，非常像。"

"我知道。"

"你不止长得像她，你的个性也像。凶猛的时候是只豹，温柔的时候是只小猫。你善良热情而任性，只凭你的直觉去做事，不管是对或是错。"

她不语。

"所以，雅晴，"他的语气变了，变得深沉而迫切，"永远不要去热爱别人，你付出越多，你的痛苦越深，爱是一件可怕的东西，它有时比恨更能伤人。"他松开了手，眼光恢复了他的冷漠和坚强，"现在，你走吧！回到桑家去！"

她站着不动，傻傻地看着他。

"你为什么还不走？"他怒声问。

"这儿不是你买下来的地方吧？"她说。

他掉头去看湖水，不再理会她，好像她已经不存在。

"桑家为什么反对你？"她问。

"去问他们！"他闷声说，头也不回。

"我问过，他们说因为你父亲是个挑土工。他们认为门不当户不对。"

"谁说的？"他仍然没回头。

"桑尔凯。"

"桑尔凯！哼！"他冷哼着，"这就叫作君子，这一家人都是君子，他们根本没有必要帮我掩饰！"

"掩饰什么？"

他回过头来了，定定地看着她。

"我父亲不是挑土工，如果是挑土工，他们也不会在乎。我父亲是个杀人犯，被判了终身监禁。"

"哦？"她瞪大眼睛张大了嘴。

"而我——"他冷笑了，眼角流露出阴狠与冷酷，"我从小受够了歧视，我是个不务正业的流氓，我只有一项特长……""弹吉他！"她接口。他瞪着她。"你知道得不少，你该走了。"他冷冷地说，"你再不走，桑家全家都会出动来找你，奶奶不会愿意知道，桑桑又和万皓然——那个杀人犯的儿子混在一起！"

真的！她惊觉地看看天空，月亮都偏西了，夜色已经好深好深了，她确实该回去了。但是，她就是不想走，她觉得有好多的困惑、好多的不解、好多的问题，她要问他，她要跟他谈——桑桑，谈他们的恋爱、他们的吉他、他们的歌——《梦的衣裳》。张着嘴，她还想说话，他已经蓦然间旋转身子，大踏步地走了，踩着那簌簌的落叶，他很快就隐进了密林深处。她在湖边又呆站了片刻，听着风声、树声、虫声、蛙声，和水底鱼儿偶然冒出的气泡声，终于，她知道，那个人确实走了，不会再回转来了。她拾起地上的披肩，很快地向桑园奔去。回到桑园，尔旋正在边门处焦灼地等着她。一眼看到她，他冒火地把她拉进花园，懊恼而急促地说：

"你疯了吗？深更半夜一个人往外跑？你不怕碰到坏人，碰到流氓？晚上，这儿附近全是山野，你以为是很好玩的是不是？"她一句话也不说，径直走进了客厅。客厅里空空荡荡的，显然全家人都睡了。她想往楼上走，尔旋伸手拉住了她，从她头发上摘下一片枯叶，又从她披肩上再摘下一片枯叶，他瞪视着手心里的枯叶，问：

"你到什么地方去了？"

她睁大眼睛望着他，不想谈今晚的事，不想谈万皓然。你们一直不肯谈这个人，你们一直避讳谈桑桑的爱情，现在我也不谈，她想着，一语不发，转身又要往楼上走。尔旋一把握紧了她的手腕，把她直拉进他的书房，关上了房门，他瞪着她说："告诉我发生了什么事？"

她不想说，但是她却说了：

"我遇见了万皓然。"

他大大一震，迅速地扬起睫毛，脸色变了。

"哦？"他询问，"怎样呢？"

"他把我当成桑桑，"她说，不明白为什么要说出来，她的喉咙仍然又干又涩，"他强吻了我，发现我是个冒牌，他打了我一耳光，我咬了他一口。"

他的脸色变白，他的眼珠黑幽幽地盯着她。然后，他一转身就往外走。她抓住了他。

"你去哪儿？"她问。

"去找万皓然。"他僵硬地说。

"找他干什么？"她立即接口，"我已经跟他谈过了，我告诉他桑桑死了。他不会来揭穿我，你们——对他的认识太少，他绝不会来揭穿这一切，他也不——怨你们。"

他死盯着她，他眼里明显地流露出恐惧和担心。

"你——怕什么？"她问。

"失去你。"他一个字一个字地说。然后，他俯下头来，想找她的嘴唇。她闪开了他，自己也不明白是什么东西改变了她，她很快地说："你不算得到过我，对于你没得到的东西，你也根本谈不上失去！"她打开门，飞快地冲出去了。

一清早，雅晴才下楼，就发现尔旋坐在客厅里等着她。奶奶还没起床，纪妈在擦桌子，兰姑把从花园里剪下来的鲜花，正一枝枝插到花瓶里去。尔凯坐在沙发的另一端，正在看刚送来的报纸。表面上看来，这一天和往日的每一天并没有什么不同。但是，雅晴却可以嗅出空气里某种不寻常的紧张，说不定，他们已经开过一个"凌晨会议"，因为大家的神情都怪怪的，都沉默得出奇。她才走下楼梯，尔旋立刻熄掉了手里的烟蒂，他跳起来，不由分说地拉住她的手，不由分说地往花园里拖去，一面回头对兰姑说："兰姑、纪妈，告诉奶奶，桑桑搭我的车子进城去买点东西！"她往后退缩，想挣出这只手。尔旋紧拉着她，一口气把她拖向了车库，他轻声而恳切地说：

"给我一点时间，有话要和你谈！"

她无言地上了车，心里有些不满，她不喜欢这种"强制执行"的作风。车子开出了桑园，开到马路上，向台北的方向疾驰。雅晴看看尔旋，他紧闭着嘴，眼睛定定地注视着前方的道路，一路上一句话也没说。他既然不说话，雅晴也不想开口。车子进入市区，停在尔旋的办公大楼前面。

她又走进了尔旋那间私人办公室，在这儿，他们曾经开过好几次会，来决定雅晴能否冒充桑桑。他们来得太早，外间的大办公室里，只到了寥寥可数的两三个职员，其中一个为他们送上了两杯茶，尔旋就把房门紧紧地关上了。他燃起了一支烟，心神不宁地在室内踱着步子。雅晴沉默地站在那儿，沉默地瞪着他。"好了！"半晌，她开了口，"你说有话说，就快些说吧！"

他停下来，凝神看她。

"你相当不友善，"他说，"为什么？我做了什么事情让你生气吗？""我不喜欢像个手提袋一样被人拎来拎去！"她闷闷地说，心里也涌上了一阵困惑，她知道这理由有些勉强，却自己也不了解，为什么对尔旋，忽然间就生出某种逃避的情绪。你对他认识还不够深，她对自己说，你要保持距离，你要维持你女性的矜持，不要让他轻易就捉住你……何况，他是你的二哥！"让我们来谈谈万皓然，好不好？"桑尔旋忽然站在她身边，开门见山地说，他的一只手温和地搭在她的肩上。

"你们不是一直避免谈他吗？"她问，"你们不是认为我没必要知道这段故事吗？你不是'保证'万皓然不会成为我们这场戏中的障碍吗？为什么你又要谈他了？"

"我们错了，行吗？"他闷声说，喷着烟，"最起码，我承认，我错了。行吗？我们一开始就该告诉你有关万皓然的一切，而不该隐瞒许多事情！"他把她推到沙发边，声音放和缓了，他柔声说："坐下吧，雅晴。"

她坐下来，端着茶杯，很好的绿茶，茶叶半漂浮在杯子里，像湖面的一叶小舟。湖面？她又记起那湖水、那梧桐、那落叶、那粗犷狂野的吻……

"雅晴！"他喊。

"嗯？"她一怔，抬起头来，仿佛大梦初醒。

"你心不在焉。"

她振作了一下，啜了口茶，挺直了肩膀。

"我在听。"她说，"你要告诉我万皓然的事。"

"……是的。"尔旋沉吟着，"万皓然和我同年，我们曾经是小学同学，又是中学同学。"

"哦？"她集中精神，有兴趣了。

"他的父亲并不是一个工人，我们骗了你。"

"我知道，"雅晴接口，"他是个杀人犯，判了终身监禁，关在牢里。"

他惊奇地抬起头来，诧异地看她："谁告诉你的？"

"万皓然。"

他咬了咬牙眉头微蹙了一下。

"看样子，你们昨晚谈了很多？"

"并不多。"她坦白地说，"除了这一点，我并不比以前多知道任何事。"

他仔细看她，点了点头。

"你瞧！"他说，"这就是万皓然，他从不隐瞒自己的一切。他父亲是在他六岁那年犯案的，本来，他父亲也做得很好，是家小工厂的主持人，学问不错，人也长得英俊潇洒，可是，他出了事，连带把万皓然的前途也全毁掉了。"

"那案子一定是件……不得已的案子吧！例如，他被坏人迫害，被敲诈，他一时无法控制，就失手杀了人。或者，他陷入了圈套……"

他深深地看了她一会儿。"你对《警网双雄》《檀岛警骑》……这类影集一定很迷吧？"他说，"事实上，这不是个好故事，没有圈套，没有坏人，万皓然的父亲爱上了一个酒女，在争风吃醋中，他杀掉了他的情敌和那个酒女，警方判决是蓄意杀人。最不可原谅的，他家里有个很漂亮的太太，有个六岁的儿子，和才满一岁的女儿。"

"噢，万皓然还有个妹妹？"

"是的，她叫万洁然，一个很可爱的女孩子。"尔旋靠在桌背上，望着她，"万家一出事，家产、工厂、朋友……全都没有了，他们全家搬到内湖的工厂区，一间违章建筑的木屋里，万皓然的母亲给那些工人洗衣服……来维持一儿一女的生活。于是，万皓然成了我们的邻居。"

"你们都看不起他，因为他是杀人犯的儿子！"

"不要说'你们'，我和万皓然一直很陌生，我们不同班，从来没有机会成为朋友或是敌人。但是，万皓然确实在歧视和屈辱下长大，他没有朋友，他受尽嘲笑……这养成了他愤世嫉俗仇恨一切的个性，不到十二岁，他已经被送进少年组管训了好几次。十五岁，他长得又高又大又结实，他学会了唱歌，弹一手好吉他。十八岁，他用拳头去闯天下，他被高中开除，闯了一大堆祸，包括——使一个十六岁的小女生怀了孕……""我不相信！"雅晴打断了他，"你把他说成了一个地痞流氓！但是，他不是的，他有感情有思想有深度，你们没有一个人尝试过去了解他！"尔旋住了嘴，他注视她，好深切好深切地注视她，他的眼神怪异而脸色阴沉，半晌，他叹了口气，低沉而沙哑地说：

"你真的像桑桑！这句话，桑桑也对我说过！"

"所以他爱桑桑，所以他对桑桑不能忘情，因为桑桑是唯一一个不歧视他而了解他的人。但是，你们扮演了上帝，你们拆散了他们！逼死了桑桑。你曾经说，万皓然已经结婚了，事实上，万皓然并没有结婚，对不对？"

他继续盯着她。"不错，万皓然没有结婚。"他沉声说，"你到底要不要听那个故事？"

"好，"她忍耐地握着茶杯，"你说吧！"

"万皓然提前入伍当了兵，从军队里回来，他晒得更黑，身体更壮，性格更坚定，吉他弹得更加出神入化。他去一家小俱乐部弹琴唱歌，风靡了无数的女孩子。如果他好好地向娱乐事业上走，他可能已经成为一颗超级巨星。但是，他没有。他从来不能在任何一个地方连续工作两个月以上，他不敬业，不爱工作，他认为工作本身，就是一个'监牢'，只要他赚够了吃饭钱，他就开始游手好闲……不，雅晴，别打断我。我无意于攻击万皓然，他有他的哲学、他的人生观、他的生活方式。我们根本无权说他是对或是错。在另一方面，他侍母至孝，他不许他母亲再工作，他奉养她，早上给她的钱，晚上又拿走了……因为他自己用钱如水，他母亲只得瞒着他，仍然给人洗衣服。"

"你怎么知道得这么清楚？"

"当桑桑和他恋爱之后，我们不能不调查他。"

"好吧，说下去！"

"桑桑十六岁那年认识了他。他教桑桑弹吉他，教她唱歌，教她认识音乐，教她很多莫名其妙的东西。桑桑迷上了吉他，迷上了音乐，迷上了歌唱，最后，是疯狂地迷上了万皓然。"

雅晴专心地倾听着，专心地看着尔旋。

"桑桑高中毕业，就向全家宣布，她要嫁给万皓然，这对我们全家来说，都是一颗不大不小的炸弹。我们反对万皓然，并不完全因为他的家庭背景，主要是，他和桑桑是两个世界的人，两个完完全全不同的世界。桑桑是被宠坏的小公主，万皓然是桀骜不驯的流浪汉，这样两个人在一起生活，怎么可能幸福？但是，桑桑执迷不悟，在家里又哭又叫又闹……说我们对他有成见，说我们歧视他，说我们不了解他……就像你刚刚说的。"他停了停，雅晴默然不语。

"事情发展到这种程度，奶奶说话了。她说：去找那男孩子来谈，我们要了解他，帮助他，如果桑桑一定要嫁给他，我们最起码该给他机会。于是，有个晚上，我和尔凯去到万家的小木屋，去找万皓然，那一区全是违章建筑，又脏又乱又人口密集，我们的心先就寒了，搞不懂如何能把桑桑嫁到这种地方来。好戏还在后面呢，我们找到了那小子，他正和一个工厂里的女孩躺在床上，小木屋既不隔音，也没关好门，我们推门进去，一切看得清清楚楚！"

雅晴睁大了眼睛深吸了口气。

"我不相信！"她简单地说。

他注视着她，眼底有层深刻的沮丧和怒气。

"不相信？去问万皓然！"他低吼着，"这家伙有一项优点，他从不撒谎！去问他去！"

雅晴颓然地垂下了眼睛望着茶杯。

"后来呢？"她低问。

"我当场就和万皓然打了一架，我把他从床上揪下来，两个人打得天翻地覆，然后，我问他，怎么可能一方面和我妹妹谈婚嫁，一方面和别的女人睡觉！大哥也气疯了，他一直在旁边喊：有其父必有其子，有其父必有其子！然后，万皓然大笑了起来，他笑着对我们兄弟两个说：'老天！谁说过要娶你妹妹？她只是个梦娃娃，谁会要娶一个梦娃娃？'"

"梦娃娃？"她怔了怔。

"是的，他这样称呼桑桑，我想，他的意思是，桑桑只是个会做梦的小娃娃，有件梦的衣裳的小娃娃，他根本没有对桑桑认真。然后，他说了许许多多话，最主要的，是说，这是个误会。他说，他不过是吻了桑桑，如果他吻过的女孩他都要娶，他可以娶一百个太太！他又说：'你看我像个会结婚的人吗？只有疯子才结婚，结婚是另外一种监牢，我有个坐牢的父亲已经够了，我不会再去坐牢的！'"

第六章

雅晴打了个冷战。尔旋定定地望着她。"故事的后一半你应该可以猜到了，我们回家来，悄悄地把情况告诉了奶奶和兰姑，我们不敢对桑桑实话实说，怕伤了她的自尊。于是，大哥决定把她送到国外去，认为再深的爱情也禁不起时间和空间的考验，何况桑桑只有十九岁？我们兄弟两个费了很大力气，才给她办出应聘护照，把她押到美国，告诉她，如果两年之内，她还爱万皓然，万皓然也不变心，大家就同意他们结婚。我们回来了，一个月以后，接到一通长途电话，幸好奶奶不懂英文，我们赶到美国，桑桑已经自杀而死。她留下了一封遗书，里面只有一首歌词：《梦的衣裳》！是她生前最爱唱的一支歌。"

雅晴呆望着尔旋。"这支歌——"她慢吞吞地问，"是万皓然写的吗？"

"不。是桑桑写的。桑桑写了，万皓然给它谱上曲，桑桑认为这是他们合作的歌，而爱之如狂。梦娃娃！"他长叹了一声，"做梦的年龄，梦样的歌词，你知道那里面有两句话吗：我把衣裳披在他的肩上，日月星辰都变得黯然无光。"

"我知道。"她喃喃地说。

"也是——万皓然告诉你的？"他尖锐地问。

"不。是我在桑桑的乐谱里找到的。"她抬头凝视着尔旋，"所以，你们不愿意谈桑桑的爱情，不愿意提万皓然，你们怕我知道——桑桑只是单相思？"

"我们——宁愿你认为桑桑是为一份值得她去死的爱情而死。"尔旋说，又轻轻地加了一句，"而且，我们一家人是多么高傲，我们耻于承认这事实——桑桑爱上了一份虚无！"

她低下头，沉思着，想着桑桑，想着万皓然。想着昨夜他给她的那一耳光和他咬牙切齿吼出来的句子：

"你戏弄我，你这个混蛋！你故意站在窗子前面，故意让我看到你，你引诱我到这儿来等你，你却迟迟不露面，好不容易，你来了，你终于来了，一个冒充货！"

她轻轻地摇了一下头。万皓然不是一份虚无。她想。有如此强烈感情的男人不可能只是一份虚无。

尔旋走近她，用手轻轻托起了她的下巴，问："你在想什么？"

她勉强地微笑了一下。"想桑桑。"她说，闪动着睫毛，"为什么你决定告诉我这个故事了？"他看了她好一会儿，他眼底又闪起那两簇幽柔的光芒，使她怦然心动而满怀酸楚的光芒。他轻轻取走了她手中的茶杯，把她从沙发里拉起来，他把她揽进怀中，用胳膊轻柔地围住了她，他很低很低、很温柔很温柔、很诚恳很诚恳地说：

"我能不能请求你一件事？"

"是什么？"

"不要再见万皓然。"

她默然片刻。"你知道昨晚只是个偶然，"她说，"即使我要见他，我也不知道他在什么地方。""他却知道你在什么地方。"他说。

"他不会要见我的。"

"不一定。"

"你怕他？"她怀疑地问，轻蹙着眉梢。

"怕。"他答得那么坦白，那么直率，竟使她的心微微一阵悸动。

"为什么？"

"他能让桑桑爱他爱得死去活来，他也能让别的女人爱他爱得死去活来……"

"难道还有别的女人为他自杀过？"

"可能有。我听说，曾经有个女孩为他住进了疯人院。"

"你未免把他说得太神了。在我看来，他只是个很有个性、很专横、很男子气、很有点催眠力量的男人。"

他的手臂痉挛了一下，他用手再度托起她的下巴，深切地盯着她的眼睛："这就是我所怕的。""什么？"她没听懂。

"你对他的评语！"他低声说，"对大多数男人来说，这样的评语是一种恭维。"

"呃？"她有些错愕了。

"记得你昨晚说的话吗？"他继续盯着她。

"什么话？"

"你说，对于我没有得到的东西，我也无从失去。"

"嗯。"她轻哼着。

"你害我失眠了一整夜。"

她不语，只是轻轻地转动眼珠，犹疑地望着他。他的眼珠多黑呀，多深呀，多亮呀！她的心脏又怦怦地跳动起来了。那醉意醺然的感觉又在体内扩散了。

"他在改变你！"他说，"你知道，这句话对我的打击有多重吗？"

"我——我——"她结舌地，吞吞吐吐地说，"我的意思只是说，我们彼此认识的时间还太短，我们还需要时间，需要考验……我……我是真心的。"

"那句话是真心的？我并没得到你？"他低问。

"是。"她低答。

他死死地看着她，那乌黑闪烁的眸子转也不转。

"好！"他终于说，"如果需要时间和考验，我们有的是时间和考验！我会守着你！但是——"他捏紧她的下巴，"你能答应我，不再见那个人了吗？"

"不。"她清楚地回答，"我只能答应，不去找他。如果偶然遇到了……"

"你躲开！"他说。

"不。"

"为什么？"

"我不躲开任何命定的东西，我不躲开挑战，我不躲开考验，所以我来到了你家，所以我变成了桑桑，所以我遇到了你和——万皓然。现在，你叫我躲开他，你怕他？如果他会成为我们之间的考验，你应该欢迎他！"

他凝视她，好半天，他深深地吸了口气："老天！"他叫，"你是个又古怪、又倔强、又会折磨人的怪物！我怎么会这么倒霉碰到了你？但是——"他咬咬牙放低了声音，"我有三个字从没有对任何女孩子说过，因为总觉得时机未到……"她挣脱了他，逃到门口去，翩然回头，她巧笑嫣然："不要说得太早，可能时机仍然未到！"她嚷着，然后加了一句，"我饿了，二哥。"

他叹了口气，抓起桌上的西装上衣，摇了摇头，他眩惑地望着她。"走吧！我请你去吃……"

"除了海瓜子，什么东西都可以！"她喊。领先冲出了房间。他有些失意，有些迷惘，有些惆怅，有些无可奈何。但，在她那近乎天真的笑容里，他觉得什么都不重要了。重要的，只是好好地带这个女孩出去，好好地给她吃一顿。那要命的奶奶和纪妈，好像已经喂了她一个月的海瓜子了。

他跟着她走出了房间。

日子平静地滑过去，秋天来了。

夜半，不知道是几点钟，雅晴突然醒了过来。

她睁大眼睛，窗帘上有朦胧的白，是月光还是曙光，一时之间，她有些弄不清楚。只看到窗帘在风中摇曳。临睡又忘了关窗子，如果给奶奶知道，非挨一顿骂不可。秋天了，夜色凉如水！岂不是，夜色凉如水！蓦然间，她知道自己为什么会醒过来了。侧耳倾听，她听到隐隐约约的，不知从何处传来的吉他声，叮叮咚咚，泠泠朗朗，清清脆脆……如小溪的呼唤，如晨钟的轻敲，如小鸟的啁啾，如梦儿的轻语……她侧耳倾听，然后，她从床上翻身起床。

走到窗边，她没开灯，只是悄悄拉开了窗帘，对遥远的地方凝视着。越过桑园的围墙，她可以看到湖面的闪光。湖的对面，是一幢幢暗沉沉的树影。那儿有一棵梧桐树！她想着，琴声似乎变得急骤了，如雨水的倾泻，如夜风的哀鸣，如瀑布的奔湍，如海浪的扑击……她走到衣橱边，摸索着，找了一件套头的长罩衫，一件家居的长袍。脱下睡衣，她换上那件罩衫，没时间梳头洗脸，她不要吵醒这屋子里的人。穿了双绒拖鞋，她无声无息地溜出了房间，无声无息地走下楼梯，无声无息地穿过客厅，走出客厅那一瞬间，她听到客厅里那老式的挂钟敲了五下，那么，窗外是曙光而不是月光了。

她很快地溜出花园，打开边门，她熟稔地沿着那屋后的小径，往湖水的方向奔去。天色只有蒙蒙亮，一切都是影影绰绰的，晨雾在她的发际和身边穿梭，露珠很快就浸湿了她那薄底的小拖鞋。她几乎是奔跑着，带着种盲目的、被催眠似的情绪，她追逐着那吉他的声音。越走，声音就越清晰了，那琴弦的拨动，那出神入化的音韵，那吉他特有的音色，震颤出一连串又一连串令人全心震动的和鸣。

　　她跑着，落叶被露水沾湿了，她的鞋底已经湿透，但是，她根本没有感觉到。只是奔跑着，生怕在自己到达之前，琴声会停止。她的脚踩着落叶，发出细碎的声响，她提着那件宽松的衣裳的下摆，因为它总是被路边的荆棘所拉扯。她绕着湖边的小径往前跑，她已经看到那棵梧桐树了，琴声戛然而止。她的心脏怦然一跳。他走了。她想。她急促地绕过一小簇灌木丛，于是，她看到了他。

　　他坐在梧桐树下，手里抱着一把吉他。他睁大了眼睛望着她，显然，他早已听到她奔过来的声音。他眼里既无惊奇也无期待，他的眉毛在曙色初露的光芒下，可以看出是怎样虬结着。他的眼光阴鸷而森冷。他被打扰了，他并不欢迎她，他的世界被破坏了……她胆怯起来。为什么要来呢？为什么要追寻这吉他声呢？为什么明知他在这儿，还身不由己地跑来呢？她怯怯地移近他，在距离他只有一尺远的距离处，她站住了。他抬起眼睛从上到下地打量她，从她那披散的头发，那白的面庞，那宽松的呢质长袍，到她那穿着拖鞋的脚。他的眼神里有薄薄的不满，薄薄的恼怒……这不是桑桑。她想，或者他正在凭吊桑桑，她的出现破坏了一切，破坏了他的悼念、他的思想、他的回忆、他的演奏……和他的情感。她呆站着，觉得自己像个傻瓜！"对不起，"她喃喃地开了口，"我并不想打扰你，我……我听到吉他的声音，我……我不由自主地跑了出来……我……我……"他仍然阴沉地盯着她，她说不下去了。在他那毫无表情的眼光下，她受了伤，她感到屈辱，感到卑微，感到自己的鲁莽和微不足道。她垂下了眼光，看到他那两只结实的大手，稳定地抱着吉他。真没想到那么细微的声音，是出自这样粗糙的双手。她转过了身子，不想继续留在这儿被人轻视，惹人恼怒。"再见！"她说，飞快地想跑。

他一伸手，握住了她袍子的下摆，她被硬生生地拉住了。

"你的鞋子湿了，"他安安静静地说，"以后，如果要在这种时间出来，记住草地是湿的，露水沾在所有的叶子上，你会受凉。"她站在那儿，被催眠了。慢慢地，她回过头来，觉得自己眼里有着不争气的泪雾。

"我没有打扰你吗？"她低声地问。

"你打扰了！"他清楚地回答。移开了一下身子，于是，她发现他不知从什么地方弄来了一大段合抱的圆木，他正坐在那截横卧在地下的树木上。他拍了拍身边空下的位置，简单地说："坐下吧！"

她乖乖地坐了下去。

"脱掉你的鞋子！"他说。

"什么？"

"脱掉鞋子，凉气会从脚底往上蹿。"

她脱掉了鞋子，坐高了一点儿，她把双脚放在圆木上，弓着膝，她让长袍垂在脚背上，而用双手抱住了膝。她侧头看他，他那轮廓深刻的侧影是凹凸分明的，他的嘴唇薄而坚定。

"会弹吉他吗？"他冷冷地问。

"不。不会。"她很快地说，热切地加了一句，"可是我很喜欢，你——愿意教我吗？"

他似乎挨了一棍，他的背脊挺直，脸色阴沉，他不看她，他的眼睛瞪着湖水。"我不愿意。"他的声音像冰。不，冰还太脆弱，像铁，像块又厚又硬又冷的铁，"我生平只教过一个女孩子弹琴……"

"桑桑！"她迅速地接口，自己也不明白为什么反应如此敏捷，为什么这样管制不了自己的嘴和舌头，"桑桑死了，你的心也跟着死了。你不愿再教任何人弹琴，你却愿意坐在这儿弹给她的鬼魂听。"他迅速地回过头来，紧盯着她。她以为她冒犯他了，她以为他会大光其火。她以为她会挨顿臭骂……她还记得第一次见他时，被他怒吼"滚开"时的样子。可是，她想错了，他的眼神出乎意料地平静。他既没发火，也没生气，却镇定地问了句："你对于我和桑桑的故事，到底了解多少？"

她轻颦着眉，有些迷糊。

"我想，我'知道'得很多，'了解'得很少。"

"哦？"他询问。

"他们说——"她润了润嘴唇，紧盯着他，心里有个模糊的观念，如果桑尔旋对她说过谎，她和尔旋之间就完了，"桑家原来也有意把桑桑嫁给你，但是，当桑家兄弟来找你的时候，却发现你和另一个女孩躺在床上？"

"嗯。"他哼了一声。

"真的吗？"她热切地问。希望他说是假的。

"真的。"他毫无表情地说。

"为什么？"她困惑着，"你不爱桑桑吗？"

他深深地看她。"这之间有关系吗？"他反问。

她觉得脸红了，她从没有和人讨论过"性"问题。她发现，他是把"性"和"情"分开来谈论的，可能男人都是这样的。她想，假若每个男人都为"爱"而"性"，那么，"妓院"可以不存在了。想到这儿，她的脸更热了。

"你脸红了。"他直率地说，"显然，这个题目使你很窘。人类的教育受得越多，知识越深，就把许多本能都丑化了。你和桑家兄弟的感觉一样，觉得我欺骗了桑桑，是不是？"

她的眉头皱得更紧了，她很困惑，她答不出来。

"我早就料到了。"他低哼着，"我早就料到他们会有的反应……"他语气模糊，"上流社会，知识分子，他们受不了背叛和不忠实！"

她忽然抬起头来，眼睛闪亮了。

"为什么？"她热烈地问，情不自禁地抓住了他的手腕，她一直看到他眼睛深处去，"为什么？"

"什么为什么？"他不解，浓眉紧锁。

"为什么要演那场戏？"她急促地问，"你早就料到了！你早就料到他们的反应！你知道他们晚上要来看你，桑桑一定设法通知了你，于是你弄来那个女孩子，于是你演了那场戏！你并没有必要连房门都不扣好，你也没必要找那女孩……或者，在和桑桑恋爱之前，你和无数女孩睡过觉！我不管！但是，桑桑改变了你，她使你拴住了，使你无法对她不忠实……当你在嘲弄桑家兄弟的时候，你也在嘲弄你自己……"

他眼里的狞恶回来了。

"你在说些什么鬼话？"他咆哮着。

"我说得又清楚又明白。"她稳定地说，"我只是弄不懂……"她转动眼珠，思索着，然后她抬头定定地看着他，低语着："我明白了。我完全明白了！"

他的脸色在一瞬间就变得又苍白又惊惧，迅速地，他伸出手去，一把蒙住了她的嘴，他哑声地、沙哑地、痛楚而混乱地说："如果你真的明白了，不要说出来！什么都别说！"

她的眼珠深深地转动着，带着深切的了解，带着深切的同情，带着深切的感动和激情，她凝视着面前这张脸，脑子里，似乎又回响起他说过的话：

"是我杀了她！我不该让她爱上我，我不该让她陷得那么深，我不该任凭这段感情发展下去……"

这就是那个谜底了。一个由自卑和高傲混合起来的流浪汉，爱上了个纯洁如水的小公主。当他自惭形秽而又爱之深切时，唯一能做的事是什么呢？他不要娶桑桑！他从没想过娶桑桑，因为他自知不配！因为那女孩是朵温室里的小花，他却是匹满身伤痕的野马！于是他对那两兄弟演了一场戏，他气走了他们，因为他不要那朵小花为他而凋零，但是，却仍然害得那朵小花为他而凋零了。

她没说话，她确实没说话，可是，泪水静悄悄地涌出了眼眶，静悄悄地沿着面颊滚落了……泪水滑过面颊，流在他那盖在她嘴上的大手上。她听到"嗡"的一声轻响，吉他落到地下去了，他用双手捧住了她的面颊，用大拇指拭去她面颊上的泪痕。太阳出来了，一线金色的阳光闪耀了她的眼睛，她觉得看不清楚对方了。然后，她感到他的嘴唇轻轻地落在她的眼睛上了，那么轻柔，那么细腻，一点也不像上次的粗暴炙热。他温柔地、做梦似的吮去了她的泪痕。她身不由己地贴近了他，贴近了他，紧紧地钻进他怀中，她的手臂环绕过来，抱住了他的腰。

他忽然推开她，受惊似的抬起头来，粗暴地、生气地说："快走！"

她睁眼看着他，眼前是一片模糊，脑子里是一片混乱，树梢中闪着无数阳光的光点，刺痛了她的神经，同时，她心中闪过一个名字：桑尔旋！这名字也刺痛了她的心脏，使她浑身掠过一阵震颤。她分不清自己的感情，也不太明白自己在做什么，只觉得面前这男人有股强大的魔力，使她无法去分析自己。"不。"她轻声地说。

"我不希望历史重演！"他的呼吸重浊，声音激烈，"你走，回到桑家去！快走。"

"不。"她再说，"我为什么要回到桑家去？我又不是桑桑。"

他正色看她，神情古怪。

"你从什么鬼地方来的？"他问。

"是……"她咽了一口口水，艰涩而困难地说，"你一定要问吗？桑家兄弟发现了我，他们给我很高的待遇，雇我来扮演桑桑。我需要这笔钱和那些好华贵的衣服鞋子……我来了。是……从一个'鬼地方'来的！"

他用手捏住她的下巴，把她的脸转向阳光。她感到阳光直射在她的眼睛里、面颊上、头发上和嘴唇上。她喉咙中又开始发干发涩，她知道他在研究自己。而且，她知道他是又聪明又敏锐的。"我值得你为我撒谎吗？"他的声音响了，他把她的脸转了回来，死盯着她的眼睛，他那阴鸷的眸子里闪耀着火焰，"我不知道你从什么地方来的，但是，你有一对纯洁而明澈的眼睛，有光滑细嫩的皮肤，有灵巧细密的思想，和最最天真与热情的个性……不，雅晴，一个具有这么多优点的女孩，不会来自一个'鬼地方'。""你可能对了。"她点点头，"思想"又开始活动了，她又能分析又能组织了，"那要看我们对'鬼地方'三个字所下的定义。是不是？你认识过自己吗，万皓然？你知道你并不漂亮吗？只是见鬼的吸引人而已！你知道你的眼神很凌厉很凶恶吗？因为你要借助这眼神来掩饰你的善良和脆弱！你知道你很凶很霸道很冷酷很阴沉吗？因为你必须借助这些来掩饰你的热情！你知道你很虚伪吗？因为你不敢面对真正的自己！你知道你有多么空虚寂寞吗？因为……"

"住口！"他怒叫着，"不要再说了！"

"啧啧，"她摇头，低语了一句，"我真不知道像你这样一个充满'缺点'的男孩，是来自什么鬼地方！"

他又咬牙了。太阳升了起来，晒热了她的头发，晒干了草地上的露珠。他仍然盯着她，浑然忘我地盯着她，不敢相信地盯着她。她悄悄地站起身来，拾起地上的拖鞋。"我必须走了。"她说，"我要在奶奶起床前赶回去，我不想弄砸我演的角色。"他不语，仍然盯着她。

她拿着拖鞋，赤着脚，往小径上跑去，跑了几步，她又折回来了，喘吁吁地停在他面前。"告诉我！"她急促地说，"我在什么鬼地方，什么鬼时间，才能再见到你？"他深思地凝视她，似乎，被"催眠"的变成他了，他竟无法拒绝回答她。"我这个月，每晚九点到十二点，在'寒星'咖啡厅里弹吉他。"

"寒星在什么鬼地方？"

"翻电话号码簿！"

"好！"她应着，轻快地跑上了小径，轻快地用赤脚踩着那半干的落叶，往"桑园"奔去。

于是，当晚，她就到了"寒星"。

这儿绝不是一家第一流的咖啡厅，甚至于不属于第二流第三流，它该是不入流的。但是，它非常可爱。它坐落在和平东路，是一间木板小屋，搭在一个十二层楼的屋顶上。来喝咖啡的没有一个是衣冠楚楚的绅士，他们全是些年轻的学生，都只有十八九岁到二十五岁之间，他们除了喝咖啡以外，他们又唱又闹又笑又尖叫，和那个坐在他们之间的"吉他手"完全打成了一片。雅晴坐在一个角落里。她无法形容自己的心情，她听着万皓然弹吉他，听着他唱歌。她从不知道一支吉他和一副歌喉可以造成的奇迹！他坐在那儿，有一组圆形的聚光灯把他整个圈在光圈里。他扣弦而歌，唱着一支节拍很快却十分十分有味道的歌：

小雨一直一直一直地飘下，

风儿一直一直一直地吹打，

椰子树一直一直一直地晃动，

凤凰木一直一直一直地那么潇洒，

我心里一直一直一直想着她！

我托小雨告诉她，我托风儿告诉她，我托椰子

树啊，还有那凤凰木，

告诉她，告诉她，告诉她！

我并不在乎她，我真的不在乎她，

只是没有她呵，我的日子一直一直一直成虚话！

怎样的歌啊！雅晴失笑地把头埋在臂弯里，忍不住地笑。周围的人又吼又叫又鼓掌，有人跟着唱了起来，更多人跟着唱了起来。雅晴笑着抬起头，立即接触到万皓然的眼光，那样热烈的眼光，那样动人的眼光，那样燃烧着火焰的眼光。歌声、吉他、掌声、人潮把万皓然烘托成了一颗闪亮的星星。他站起来了，背着吉他，一面弹，一面唱，他走向她。然后，他停在她的面前，继续弹着吉他，他继续唱着：

……告诉她，告诉她，告诉她！

我并不在乎她，我真的不在乎她，

只是没有她呵，我的日子一直一直一直成虚话！

大家尖叫着，疯狂地笑着。雅晴也笑，她跟着大家笑，

又跟着大家唱了。第一次，她知道自己原来也能唱歌的。这支曲子被重复了好多好多次。然后，调子一变，吉他的弦音变成了一连串流水般的淙淙，像珍珠在彼此撞击，撞击出清脆的音浪，他的歌变了，但是，他的眼睛仍然盯着她：

> 他们说世界上没有神话，
>
> 他们说感情都是虚假，
>
> 他们说不要做梦，不要写诗，
>
> 他们说我们已经长大，
>
> 谁听说成人的世界里还有童话！
>
> 但是我遇见了你，遇见了你，
>
> 是天方夜谭，是童话，是神话，
>
> 是梦，是诗，还是画！

大家又鼓掌，又笑，又叫好，又叫安可。万皓然还唱了很多支歌，就站在雅晴面前唱，那圆形的光圈连雅晴一起圈了进去。雅晴不停地笑着，不停地喝着咖啡，不停地跟着大家唱。她爱那些歌，那每一支歌！它们都那么奇怪，不像流行歌曲，不像热门歌曲，也不是外国歌的翻版。后来她才知道，它们有些被称为"校园歌曲"，有些根本是万皓然的即兴之作。那晚，万皓然唱得非常卖力，非常开心，他满面光彩，满眼燃烧着热情，满身的活力，吉他弹得已经到了随心所欲、出神入化的境界。当他中途休息下来，和雅晴共饮了片刻咖啡，雅晴说了句："我爱这个鬼地方！"后来，他抱着吉他，居然唱了起来：

> 她说她爱这个鬼地方，
> 因为这儿有欢笑有舒畅，
> 她说她爱这个鬼地方，
> 因为这儿有快乐有荒唐！
> 她说她爱这个鬼地方，
> 我有些怀疑，有些渴望，
> 莫非这儿有我的吉他和歌唱？

噢！老天！雅晴简直着迷了，她一直笑一直笑，笑得眼泪都出来了。她不记得，自己这一生，还有什么时候会笑得这样开心了。从这晚起，她成了"寒星"的常客。然后有一晚，她发现桑尔旋也来了。

第七章

那晚，"寒星"和往常一样高朋满座。

雅晴也和往常一样，坐在靠墙的一个位子里，喝着那浓烈而略带苦味的咖啡。自从常来"寒星"，她才了解咖啡那种苦中带甜的滋味。万皓然也和往常一样在唱歌，唱许许多多古怪而迷人的小歌。当桑尔旋进来的时候，他正在唱一支令雅晴心醉的歌，他说歌名叫《有个早晨》：

> 有个早晨我坐在一棵梧桐树下，
> 不为什么只是弹着我的吉他。
> 她忽然从晨雾间向我奔来，
> 露珠儿湿透了她小小的鞋儿，
> 晨曦染亮了她乌黑的头发。
> 她带着满脸的光彩向我诉说，
> 一些古古怪怪莫名其妙的疯话，

我不该听她，我不该看她，我不该理会她，

　　（可是呵，见鬼的！）我听了她，我看了她，我
理会了她，

　　从此我眼前只是闪耀着那早晨的阳光，

　　那金色的阳光早已将她全身披挂！

　　他唱着，他唱这支歌的时候根本没有看雅晴。但，雅晴已为那歌词而醉了，用她全心灵去体会他那句"那金色的阳光早已将她全身披挂"的意义。她觉得心跳，觉得狂欢，觉得满心都闪烁着金色的阳光。

　　就在这时，桑尔旋进来了。

　　雅晴一眼就看到了他，他站在门口，对那喧闹纷杂的咖啡馆环视着，找寻着。他找到了雅晴，毫不犹豫地，他对她走了过来，排开那些拥挤的人群，他径直走向她，径直在她对面坐下来，甚至不理会那儿还放着万皓然喝了一半的咖啡。

　　"看样子，你的日子过得很丰富！"他冷冷地说。

　　雅晴皱了一下眉，烦恼着。

　　"不要来找麻烦，尔旋。"她说，"我想，我有自由来咖啡馆喝杯咖啡吧！""当然，你有自由。"尔旋闷声说，"但是，奶奶已经在怀疑，我希望你并没有忘记，你来桑园最主要的目的是什么。"

　　"哦！"她一怔，有些不安，有些担忧，而且有了份微微的犯罪感。是的，她这一阵子，昏昏沉沉的什么都没注意，每晚吃完晚饭，就急着往外跑。奶奶，我要进城去！奶奶，

我去看电影！奶奶，你早些睡！奶奶，我出去散散步……奶奶的眼睛是半瞎了，耳朵是半聋了，但是，她的心智可能比任何人都清晰。"哦！"她再哦了一声，咬咬嘴唇，"是奶奶要你来找我的吗？""奶奶没有要我来找你，她只是把我和大哥都叫到面前，问：桑丫头是不是又犯老毛病了？"

"噢，"她烦恼地握着咖啡杯，"你怎么说？"

"我说——"他深呼吸了一下，"桑丫头这次回来，不再是十八九岁的小毛孩子，她的思想感情应该都已经成熟了。我要奶奶放心，迷过一次路的孩子不会再迷第二次！但是，"他扫了万皓然一眼，他仍然唱着他的歌，对于桑尔旋的出现，好像根本没有看到，"我想我错了。"

"你是错了！"她冷漠地接口，因为他语气中对万皓然的"歧视"而生气了。"是吗？"他怀疑地问。

"我不会迷路，"她说，"我很清楚我在做什么。"

"真的吗？"他再问，眼睛一直看到她的眼睛里去。

"真的。"她避开他的眼光，去看万皓然。

万皓然刚唱完一支歌，大家掌声雷动，照样地尖叫、笑闹、呼啸，拍着桌子，叫安可。万皓然对大家鞠躬，然后懒懒地调着弦，一面漠不经心似的看着雅晴和桑尔旋。雅晴随着大家鼓掌，笑着，给予了万皓然热烈的注视和微笑。于是，万皓然又唱起那支名叫《一直》的歌。这支歌是那些年轻人最爱的，大家疯狂地和着，疯狂地帮他打拍子，有个十八九岁的小女生挤上前去，丢了一朵玫瑰花在万皓然的怀里。大胆呵，今天的女孩子！雅晴有些紧张地看着万皓然，看到他在一阵急促的和弦中，让那朵玫瑰花落到地上去了。她轻轻吐出一口气来，微笑了。桑尔旋的手突然重重地盖在她手上。

"跟我回去！"他命令着。

她一惊，本能地抗拒了。

"不！"她说。

"跟我回去！"他重复着，命令的意味更重了，"不是为我，是为奶奶！"

她看看手表，快十一点了。"奶奶早已睡了。"

他握紧了她的手，握得她发痛了。

"好，"他吸着气说，"是为我！跟我回去！"

"不！"

他伸手来扶她的下巴，因为她的眼光始终不肯和他接触。他握住了她的下巴，固定了她那转动不停的头。

"看着我！"她被动地看着他，在那暗沉沉的灯光下，在那氤氲的烟雾中，她忽然惊觉到他的憔悴和消瘦。这使她的心又蓦然一阵抽痛，她做了些什么？是她使这张年轻漂亮的脸孔变得如此抑郁吗？她还记得跟踪她的那个桑尔旋，在"花树"里的桑尔旋，第一次吻她的桑尔旋……老天哪！这是第一个闯入她心扉深处的男孩子，事实上，他还是那么打动她，他那憔悴的眼神依然让她心痛，那么善良、真挚、温柔而细腻的桑尔旋！可是，你不能命令我，你不能轻视别人，你要让我选择！"我有很多很多话要和你谈，"他低语着，带着股请求的意味，"跟我回去！算我求你！"

"我们已经谈过太多太多话了，"她低哼着，"我连你的祖宗八代都背清楚了，我想，我们不需要再谈什么了。该谈的，都谈过了。"

他的手加重了力量，紧捏着她的下巴。

"你和桑桑一样，被这个流氓所诱惑了。"

他犯了一个最严重的错误，他不该攻击万皓然。雅晴的背脊又开始僵直起来，她对他的同情和柔情全飞走了，她紧盯着他，声音幽冷而清脆：

"他不是流氓，也没有人诱惑过我。你放开我，让我去！你管不着我！"

"我管得着，"他狂怒而激动了，激动得失去理智，"你是我的妹妹，你要跟我回家！"

"不不不！"她嚷着，"我不是你妹妹，你少管我！放开我！"

"我不能放你！"他哑声低吼，眼睛涨红了，"再任凭你自由下去，你会失去理智！跟我走！"

"不！""跟我走！""不！"歌声停了，吉他声停了。万皓然放下了他的吉他，大踏步地走了过来，他把一只手放在尔旋的衣领上，冷冰冰地，打鼻子里哼着说："放开她，她不欢迎你光临！"

桑尔旋抬头看着万皓然。他的声音幽冷而清晰：

"你已经杀死过一个桑桑，是不是准备再杀第二个？你知道她是谁吗？你知道你已经快变成一个职业刽子手了吗？你专门扼杀那些最最纯洁稚嫩的生命……"

他的话没说完，因为，蓦然间，万皓然一拳就对着桑尔旋的下巴挥过去。他打得那样用力，尔旋的身子直飞出去，落在后面的桌子上。一阵大乱，一阵惊呼，一阵稀里哗啦乒乒乓乓的巨响，桌子倒了，杯子、碟子、糖罐、奶杯……全撒了一地，摔成粉碎。雅晴尖叫着，不停地嚷着：

"不要打！不要打！万皓然，求你不要打……"

可是，尔旋站起来反击了，他也一拳揍上了万皓然的肚子。战争是开始了，而且，一开始就无法收拾。他们两个像两只已被激怒的野兽，彼此都想撕碎对方，彼此都想吃掉对方，彼此都想毁灭对方……雅晴立刻发现，桑尔旋完全趋于劣势，因为，那些观战的年轻人也疯狂了。他们高叫着，又鼓掌又呼啸，不停地喊："万皓然，揍他！万皓然，加油！万皓然，用力！万皓然，打得好！万皓然，左勾拳，万皓然，用腿，踢他！踹他……"这儿是万皓然的地盘，这儿充斥了万皓然的歌迷和拥护者。雅晴发现，只要尔旋一倒下去，总要吃一些暗亏，有人去踩他的胳臂，有人踢他的腿，甚至有人扯他的头发，按住他不让他站起来……这不是一场公平的战争，在几分钟之内，雅晴已经看到血从尔旋的嘴里、鼻子里涌出来……她尖叫，不停地尖叫："不要打！不要打！求你们不要打！住手！万皓然，你在谋杀他！住手！万皓然……"

但，她的尖叫声淹没在那些疯狂的群众声里了。咖啡馆的经理老板全出来了，但是，场面早已无法控制。就在这时，警笛响了，有人报了警，那些年轻人大喊着："员警来了，万皓然，快跑！"

同时，他们一个个纷纷夺门而出，场面更加混乱了。混乱中，万皓然已经一把抓起自己的吉他，一面冲到雅晴身边，抓住雅晴的胳膊，急促地说：

"我们快走，我有前科，不能被他们抓住！"

不！雅晴望着那躺在地板上流血的尔旋，不能把他一个人这样扔在这儿不管。她挣开万皓然，奔向尔旋。她听到万皓然坚决而有力地说了句：

"雅晴，如果你现在选择了他，我和你立刻断绝来往！"

她惊愕回顾，眼里充满了泪水。但是，她不能让尔旋躺在这儿流血至死，也不能让他被员警捉去。她不能丢下尔旋不管，她绝不能！她想解释，可是，没有时间给她解释，她继续冲向尔旋，万皓然毅然地一回头，转身就消失了踪影。她匆匆地扶起了尔旋，急急地说：

"起来！尔旋，我们赶快离开这里。"

尔旋抓着她的手，费力地撑起了自己，他的胳膊重重地压在她肩上，她挺直背脊，用力撑着他，他们走出了那乱成一团的"寒星"。几分钟以后，雅晴已经跟着尔旋坐进了他那部雷鸟。尔旋发动了车子，他还在流血，整个衣襟上全染上了血迹。他驾车驾得像个醉汉，车子歪歪斜斜地冲出去。远离了是非之地以后，他把车子停在郊区荒僻的路边，头无力地垂在方向盘上。雅晴立刻扭亮了车里的灯，她被那些血吓怔了。他全身都是血，她自己的衣服上也是血，这晚，她偏偏穿的是件白色麻纱的洋装，她原有件同色的薄呢外套，慌乱中，她的外套也没带出来。现在，她那白麻纱的洋装上沾了无数的血迹，斑斑点点，鲜红刺目，她觉得头晕目眩而心慌意乱起来。从小，她就怕见血，血使她反胃而且昏晕。可是，理智和感情征服了她的恐惧，慌忙地，她伸手去扶起尔旋的头，发现他的嘴唇裂了，鼻子破了，大量的血正从他鼻子里流出来。她找自己的手帕，才发现连皮包带手帕都遗留在"寒星"了。她不假思索地低下头去，撕开自己的裙摆，她用它按在他的鼻子和嘴唇上。她颤抖地、含泪地叫：

"尔旋！""嗯。"他哼着。还好，他没有死，没有晕倒。她看着那幅白麻纱迅速地被血浸透，她哽塞着说："听着，尔旋，你必须去医院，我……我不会开车，你……能开车到医院吗？否则，我下去拦计程车！"

"不要动！"他含糊地哼着，"我死不了，我也不去医院！"

"可是，你在流血……你……你……"她哭了，又急又怕又难过，眼泪不住地滚出来。她抽泣着，再撕了一块衣襟，去堵住他的鼻子。"你……可能受了内伤，可能断了骨头，你的脸色好白，尔旋，求你……你要去医院……"她哭得更凶了，"求你！""收起你的眼泪！"他恨恨地说，"我不需要你的假惺惺，也不需要你的同情！我说过了，我死不了！"

他用一只手捂着鼻子，另一只手发动了车子。她惊愕地看了他一眼，他的脸色像纸，那眼神里的恨意和愤怒却使她打了个冷战。她想控制住自己的眼泪，可是，眼泪就是不听命令地滚出来。她低下头去，继续撕着自己的裙摆，抽噎着把那白麻纱递给他。她不敢再说话，也不敢解释，只怕任何言语都会更深地触怒他。我不想伤害你，尔旋，她心中在狂喊着，我从来都不想伤害你！我一直那么喜欢你，怎么会忍心伤害你！车子歪歪倒倒地开进了桑园，停在大门前。雅晴哭着去扶他，想把他扶出车子，他挥手就甩开她了，筋疲力尽地靠在椅垫上，他咬牙说："我不用你帮忙！去叫兰姑来，叫尔凯来。如果你吵醒了奶奶，我会掐死你。"她闭了一下眼睛让成串的泪珠无声地坠落在那撕得乱七八糟的衣服上。她一句话也没说，就转身奔进大门，她叫醒了兰姑和纪妈，在她们惊慌失措的凝视下，只哭着说了句：

"尔旋在车里，他需要医生。"

然后，她又去叫醒了尔凯。

尔旋被抬进了他书房，他们不敢上楼，怕惊动奶奶。半小时后，李医生已经接到电话，带了一位外科医生来了。雅晴站在一边，看着两位医生忙着给他上药，包扎，她这才发现他的头上还被碎玻璃划了个大口子，手臂上有几乎十公分长的裂口，浑身伤痕累累。医生缝好了伤口，洗干净了血迹，抬起头对吓坏了的兰姑和纪妈说：

"还好，都是些外伤，他不会有事的，我留下了止痛药，最好有人陪着他，如果痛得厉害，就给他止痛药。别担心，"医生微笑着，"没有骨折也没内伤，他只是流了太多血，我保证，几天后他又会生龙活虎了。"

医生走了。纪妈清理掉了所有的脏衣服和带血的棉花绷带。尔旋躺在那本来就可当床用的两用沙发上，神志清醒，却四肢无力地闭着眼。桑尔凯关上了房门，他严厉地看着雅晴，问：

"怎么回事？""他……和万皓然……打架。"她抽噎着说，泪珠仍然不听命令地滚落。"为了你?"尔凯像在审犯人。

"是……是的。"她吸着鼻子。

尔凯狠狠地看了她一眼，就掉头去看兰姑和纪妈。

"这件事情瞒得住奶奶，尔旋的伤也瞒不住。"他说，"我等会儿把尔旋的车开到修车厂去换坐垫，明天告诉奶奶，他出了件小车祸，窗玻璃碎了，打在身上。"他环视每一个人。"大家最好说法一致。"他的目光停在雅晴身上，"你似乎可以把你这身乱七八糟的衣服换掉!"他转身就走出了房间。

雅晴还在哭，她不知道自己怎么会有这么多眼泪。她走向尔旋的床边，低头看着他，她想告诉他，她有多抱歉，她有多难过，她有多焦虑……她的泪珠滴在他手背上，他立刻睁开了眼睛瞪视着她。"尔……尔旋。"她哭泣着说，"都是……都是我不好……我……我……""滚开!"他低声说，"去找你的英雄!去找你的明星!去找那个会弹会唱的天才!去!我说过，桑家的人从不求人，我已经求过你两次，不会再求第三次!走开!离我远远的!桑尔旋或者会需要爱情，但是，却绝不会需要同情!你走!我希望再也不要见到你!"她哭着奔向房门口，立即，兰姑冲过来，用手环抱住她的肩膀，安慰地拍着她的背脊。

"孩子，别伤心，"她好心地说，声音也酸酸楚楚的，"不要把他的话放在心上，他受了伤，他神志不清，他不知道自己在说什么。"不，兰姑，你不了解!雅晴的心在痛楚着，在绞扭般地痛楚着。他知道他在说什么，他是认真的!他挨了揍，战败的不只是身体，还有意志。兰姑，你不懂。她抽噎着，只吐出一句话来："他……他知道他在说什么。"

打开房门，她冲了出去。

跑上了楼，进了房间，她在镜子前面审视着自己。老天，她多狼狈，多糟糕！那头乱糟糟的头发，那哭得又红又肿的眼睛，那满身的血迹，那撕得支离破碎的衣服……她望着自己，蓦然间，耳边响起了万皓然在"寒星"所说的那句话：

"雅晴，如果你现在选择了他，我和你立刻断绝来往！"

不不不！她对自己摇头，疯狂地摇头，让头发整个披散在面颊上。镜子里的人像个疯子。她慢慢地抬起头来，慢慢地握起一把梳子，她下意识地刷着头发，对自己说：

"他也不是认真的，他也失去了理智，他也不知道自己在说些什么。"她瞪着镜子，镜子里有对充满惊惧和疑惑的眼睛，她看了半天，才知道那是自己的眼睛，她轻声说："你错了，雅晴。他也是认真的。你遇到了两个世界上最倔强的男人，你在一个晚上之间，失去了他们两个！"

怎么有人可能在一个晚上之间，失去了两份感情？这两份感情，原都如此深切，如此强烈，如此真挚！怎么可能？怎么可能？怎么可能？她抛下梳子，走到床边，软软地躺了下去，把面颊深深地埋在枕头里。不行！她在枕头中辗转摇头，明天，我要去跟他们解释，明天，大家就不会这么激动了，明天，我要改变这种情势，明天！

第二天早上，雨在窗玻璃上清脆地敲着，窗外的风在呻吟叹息。一夜无眠，雅晴披衣下床的时候只觉得头重脚轻，脑子里像有一百个人，在用锤子剧烈地敲打，震动得她每根神经都痛。她跌跌冲冲地去浴室梳洗，镜子里的人把她自己吓了一跳。那么苍白，那么瘦削，她在一夜之间就憔悴了。眼睛是浮肿的，面颊是深陷的，下巴显得更尖了。她用冰凉的水扑上了脸庞，试着让自己恢复一些精神。可是，不行，她的头痛得她不能不弯下腰去，用手抱住脑袋，痛得她的胃都在翻搅，使她几乎想呕吐。

我是感冒了，她想，昨晚从"寒星"冲出来时，没有穿外套，而天气早就变得好冷了。她最好是回到床上去，她看来神色坏透了。但是，今天不行，今天是个忙碌的日子，她有好多事要做，首先，她要去看尔旋。

她费了半小时来梳洗化妆，她特意扑了点胭脂，想遮掩住自己那副病容。她把头发刷得又黑又亮，穿了件粉紫色的套头毛衣和白呢长裤。走出房间的时候，她已经很有信心了，她要告诉尔旋一些事。告诉他，她一直是那么关心他的，她不要伤害他，她喜欢他……告诉他她有多抱歉，告诉他她了解他的感觉，但是……但是……我不能和万皓然绝交，桑尔旋，你有奶奶，有哥哥，有兰姑，有温暖富裕的家庭，万皓然却是个孤独飘荡的游魂！桑尔旋，请你给我时间，不要逼迫我，如果我必须在两个男人中选一个，你要给我时间，让我更深地认识你们，也更深地认识自己，否则，这是一场不公平的竞争。尔旋，相信我，你在我心里的地位并不小，否则，我怎会在必要的时间仍然扑奔了你？是的，她忽然愣住了，认真地问着自己：你为什么扑奔了他？因为他受伤了？因为他在流血？还是因为他确实在你心里的分量超过万皓然？

她的头更痛了，她不能思想。推开房门，在走廊里，她就碰到匆匆忙忙奔来跑去的奶奶，她一把抓住雅晴，急切而怜惜地报告着："桑丫头，你知道吗？尔旋昨晚撞了车，撞得他头破血流，我就说呢，那车子开得飞快，怎么可能安全呢！唉唉！真要命，真把我吓坏了！""他——他——"雅晴结舌地、困难地问，"他现在怎样？在睡吗？好些了吗？""李大夫说他没妨碍，躺两天就好了，他们怕我知道，居然让他在书房里躺了一夜，刚刚我们才把他扶到卧房里去了。你猜怎么，"她拉着雅晴的手，在怜惜中笑了，"他绑了满头的纱布，眼睛也肿了，脸也青了，他还跟我说笑话呢！他说，奶奶，你别担心，我这个人是铁打的，别说一个小小的撞车，就是用钢锯来锯我，也不见得锯得开呢！你瞧这孩子！"

那么，他又能说笑话了，那么，他的心情已经恢复了！那么，他不再生气了。她立刻放开奶奶，转身向尔旋的卧房里跑去，一面急促地说："我看看他去。"尔旋的房门开着，兰姑正在那儿整理着尔旋的床单被褥，一面和尔旋说笑。雅晴毫不思索地冲了进去，兰姑抬头看到雅晴，立即识相地转过身子，笑着说：

"噢，小桑子，你来陪陪你二哥，兄妹两个好好谈呵，可不许吵架！"兰姑对雅晴鼓励地一笑，转身就走出了房间，细心地关上房门。雅晴停在尔旋的床前了，他看来还不错，虽然头上绑着绷带，气色已经比昨晚好多了。她凝视着他，用手指怯怯地去抓着棉被一角，下意识地卷弄着那棉被。她有几千几万句话要说，但是，他的眼色怎么忽然就阴暗了呢？刚刚兰姑在这儿，他还在笑呢！现在，他那受伤而肿胀的嘴唇紧紧地闭着，瞪着她的眼睛里充满了冷漠，这眼光像一根鞭子，重重地抽在她的心脏上。她的头好痛呵！她真希望能阻止这头痛！

"尔旋！"她沙哑地开了口。

他立刻转开头，把脸对着墙壁，狠心地闭上了眼睛。

她张着嘴，怔在那儿。她有许多话要说，但是，她知道他不要听！他根本不想听，这种冰冷的态度像对她兜头浇上了一盆冷水，她浑身都像冰一样冷了。

"你……还在生气，"她喃喃地说，自己也不太知道在讲什么，"又……又不是我要他打你，如果你当时不那么凶，也不会引起这场混战……你……你是不是真的不想理我了？那么，我……我……"她觉得眼眶又湿了，"我回家去！"

他转回头来了，他的眼光愤怒而凶恶。

"你回家去？"他喘着气，低哑地说，"你把一切搅得乱七八糟之后，你就预备撒手不管，回家去！你想杀了奶奶吗？你这个无情无义、没有心肝、没有责任感、没有道义的混蛋！你真是个好学生，你虽然没有跟万皓然学吉他，却学会了他的冷酷残忍和卑鄙！不！陆雅晴，你不许走，你要把你的戏演完！"她的身子晃了晃，天气很冷，她却觉得额上在冒汗。她想思索，想说话，可是，她根本无法思索，她费力和自己的眼泪挣扎，费力和自己的头痛挣扎，费力和尔旋那不公平的"责备"挣扎……"万皓然并不冷酷残忍，也不卑鄙！"她好不容易，总算说出一句话来，"你这样说，才是冷酷残忍的……不要因为他打伤了你，你就……""请你出去！"他恼怒地低吼着。

噢，不要！不要！我并不是来和你辩论万皓然的为人，我更不是来找你吵架的！她心中像打翻一锅沸油，滚烫而炙热，背脊上却像埋在万丈深的寒冰中，又冷又沉重又刺痛。

"尔旋，"她挣扎着说，"我……我要告诉你……"

"不用！"他飞快地说，"我想，我已经认清楚了你！你最好不要再来烦我！从此，你只是我雇用的一个职员，我不干涉你的私生活，除了你必须在奶奶面前扮演桑桑以外，你愿意和任何妖魔鬼怪交朋友，都是你的事。我很抱歉，"他咬了咬牙，"我破坏了你昨晚的欢乐！"

她看了他一会儿。所有要说的话都不必说了！她只是他雇用的一个职员！所有内心深处的言语，所有的柔情关怀和歉意……都用不着说了！他已经认清了她：一个和妖魔鬼怪交朋友的，没有心肝、道义、感情的混蛋！他已经认清她了！不用再说了，什么话都不必说了。她闪动睫毛，为自己眼中的泪雾生气，然后，她僵硬地转过身子，向门口奔去。她恨自己为什么要走进这房间，恨自己为什么要自取其辱。她转动了门柄，忽然听到身后一声呼唤：

"雅晴！"她停了几秒钟，想回头，想扑进他怀中痛哭一场。但是，这一定是她的幻觉，他不会用这样充满感情的声音呼唤她，这是她的幻觉！他恨她，他轻视她，他侮辱她，她只是一个雇用的职员……她打开了房门，很快地出去了。

她一直跑下楼，心里有个茫然而急迫的念头，她要逃开这幢房子，她要逃开桑尔旋！她穿过了空无一人的客厅，再穿过雨雾纷飞的花园，打开大门，她跑出去了。

走到那条小径上，她才迷糊起来，自己要到哪儿去呢？雨珠打在她身上，很快地濡湿了她的头发，她耳中好像又响起一个歌声：

小雨一直一直一直地飘下，

风儿一直一直一直地吹打，

椰子树一直一直一直地晃动，

凤凰木一直一直一直地那么潇洒……

哦！她明白了。她要去找万皓然。

万皓然会了解她为他受的委屈，万皓然会懂得她的茫然无助，万皓然是世界上最懂感情的人，他会带她远走高飞，离开这些纷扰和屈辱。她快步地走着，心里乱糟糟的，几乎是在凭一种直觉，而不是凭感情或思想。在这一瞬间，她是个受了挫折的孩子，在一个人这儿受了气，只能在另一个人身上去找安慰。噢，她要去找万皓然。万皓然会了解她，万皓然会疼她，万皓然会安慰她！

梧桐树下空空如也，小树林里也静悄悄的。是的，谁会在雨天跑到梧桐树下来？她要去找他，到他家里去找他！转了一个方向，她穿过小树林，她知道这儿有条捷径，可以通往那些违章建筑的木屋区。万皓然告诉过她那些火柴盒般的屋子，他说政府要把它们拆除，改建市民公寓……她奔过了小径，地上全是泥泞和落叶，她那白色的裤管已经又湿又黑了，她的头发上滴着水。她终于找到了那片住宅。

一间又一间的小木屋毗邻而建，密密麻麻得像许多杂乱堆积着的积木。地下是厚厚的泥浆，大大小小的泥潭，她踩了过去，裤管和鞋子都深陷在泥泞里。许多小孩在雨中踢着足球，浑然不管那地上的积水和天上的雨雾，一个球飞上了她的胸口，打得她好疼好疼，毛衣上立刻留下了一片泥渍。

"对不起哩！"孩子们嚷着。

她没有生气，只是焦灼地问：

"万皓然住在什么地方？"

"那边！那边！那边！"十几只小手指着十几个方向。她困惑了。

有个年轻女人走近她，她手里拿着个大铝盆，盆里是才洗过的衣服。她这才注意到，空地上有个水龙头，许多妇女正在那龙头下洗着衣服。难道，这么多住户只有一个水龙头？她迷惑地看着。"我们要共用水龙头。"那年轻女人似乎看出了她的心事，"本来，市政府也决定要改善这儿的供水问题，但是，房子反正快拆除了，自来水厂也就不管了。"

她正视着这年轻女人，思想和理智都回来了。这年轻女子大约只有二十几岁，长得似曾相识，那浓眉，那明亮的眼睛……她心里恍恍惚惚的。那女人笑了笑。

"我是万洁然。"她说，"我听到你在找我哥哥！"

哦。她恍然大悟，明白她为什么看来如此面熟了，他们兄妹长得很像。她注视着万洁然，她穿着件简单的棉布洋装，已经被雨水淋湿了，她奇怪她居然不怕冷。

　　"你哥哥——"她有些紧张地问，"在家吗？"

　　"在。"万洁然打量着她，目光和万皓然一样锐利。雅晴觉得她已经看穿了她，一个淋着雨来找男人的女人，她会轻视她吗？她的脸在发烧了。"跟我来！"万洁然说，不经心地加了句，"你很像桑桑。"

第八章

"哦。"她一怔，本能地问，"你认识桑桑？"

"当然。"万洁然盯着她，"她一度是我哥哥的女朋友，我怎么会不认识她？"她在一幢小屋前站住了，把她拉到屋檐下，让她不会淋到雨，她很深刻地注视着雅晴。"为什么要找我哥哥？"她单刀直入地问。"哦！"她瞪大眼睛愣在那儿。"唉！"万洁然轻叹了一声，那水灵灵的眼睛里充满了智慧。"我哥哥是个天才，他会弹吉他，会唱歌，还会——吸引女孩子。总有女孩子找他，从他十六岁起，就有女孩子找他。他跟她们每一个玩，但是不动真感情。直到他遇见桑桑……"她顿了顿，紧紧地注视她，忽然问："你就是雅晴？那个到桑家来冒充桑桑的人？"

雅晴的心怦然一跳。"他告诉了你？"她问。

"是的，我们兄妹之间没有秘密。"她又笑了笑，那笑容里有着真切的寥落与无奈。"如果我是你，"她清晰地说，"我会离他远远的!"雅晴的心又怦然一跳。

"为什么?"她问。"我们兄妹……都是在强烈的自卑和耻辱中长大的,尤其哥哥,他受的苦难比我多,他又有天才,于是,他也骄傲。你不会了解一个又骄傲又自卑又有天才的男人是什么。他……"她对她深深地摇头,亲切而诚恳地说,"他不是你心目中的神。他心中有个魔鬼,那魔鬼始终在折磨他,使他变得暴躁而凶狠。他不适合你,就像当初不适合桑桑。"她凝视她,问:"真要见他吗?""要。"她迷茫地说。"好。"万洁然带她走往另一幢木屋,绕过正门,她拍着旁边的一扇边门,嚷着:"哥哥!有人找你!"

木板门"呀"的一声开了,万皓然只穿着一件运动衫,赤着胳膊,挺立在门口。一眼看到雅晴,他的眼光就锐利而阴沉起来,他的脸板着,没有喜悦,没有惊奇,也没有任何诗情画意的关怀和柔情,他怒声问:

"谁要你来找我的?"

"是我自己。"雅晴低语。

万洁然看了他们两个一眼,转身就走了。雅晴仍然站在雨中,等待他邀请她进去,她又湿又冷又怕又沮丧。她忽然懂得了一些万洁然的意思,现在,站在她面前的这个男人,绝不是在"寒星"或梧桐树下扣弦而歌的那个热情的天才,而是个陌生人,她几乎完全不了解他,他的身子像尊铁塔,他的脸色冷得像块寒冰。"我说过,我们之间已经完了,"他气势汹汹地说,"你为什么还要找我?""因为——因为——"她咬咬牙冲口而出,"我们之间并没有完,我来这儿,向你解释，我不能让桑尔旋那样躺在那儿，我必须帮助他，即使他是个陌生人，我也要帮助他！"

"他不是个陌生人！他是个在追求你的男人！"

她呆呆地望着他。"你在吃醋了。"她说。

"哈！"他怪叫，脸色铁青，眼神凶暴，"我吃醋！我他妈的在吃醋！你讲对了，我是在吃醋！别以为是你的女性魅力或是什么特点让我吃醋！别自作多情以为我爱上了你！我唱那些歌根本不是为你，而是为那些听众，那些掌声！他们喜欢听这类的歌，我就唱这类的歌！你说我吃醋，也有道理，因为，你当时选择了有家世、有学问、有品德的上流绅士，而放弃了那个天生的坏种，那个不务正业、不学无术的流氓！""不是的！不是这样！"她急切地地说，"我并不是你想的那么现实、那么虚荣、那么……"

"好的！"他打断她，冲出门来，他抓住她的胳膊，把她拉进房间来，"睁大你的眼睛看看这房间！"

她睁大眼睛看着，房里相当阴暗，一股潮湿的、腐败的霉味扑鼻而来，房里有一张木板床，上面杂乱地堆着一床脏兮兮的破棉被，房间大约只有六七个平方米大，地上堆满书籍、乐谱、吉他、报纸……和各种杂物，然后，就是四壁萧然，再有，就是屋顶在漏雨，有个盆子放在屋子正中，在接雨水，那雨水一滴滴落在盆中，发出单调的、规则性的"噗噗"声。

"很有诗意吧？"万皓然说，"小雨一直一直一直地飘下，风儿一直一直一直地吹打。很有诗意吧！这里是我的家。隔壁躺着我的母亲，因为风湿病发作而不能动，我的妹妹只好去帮人洗衣服。而你，娇贵的小姐，你昨晚弄砸了我唯一的工作，"寒星"把我解聘了。"

她看着他，头又开始撕裂般疼痛起来。她急急地、热心地、激动而真挚地说："万皓然，这并没有关系，贫穷不是克服不了的敌人！你有天分，有才华，只要你努力，你可以改变环境！听我说，万皓然，桑园当初也是桑尔凯他们的父亲赤手空拳建造的……只要你愿意，你也可以盖一座桑园！"

"哈！"他怪笑着，"梦娃娃！"

梦娃娃？她怔了怔，憋着气，忍耐地说：

"不，万皓然，我知道你叫桑桑梦娃娃，桑桑或者是个梦娃娃，我不是。万皓然，我说的都是真话！你不要轻视桑尔凯和桑尔旋，他们都工作得又努力又认真，他们并不完全靠父亲留下的事业来撑场面，他们是……"

"住口！"他厉声喊，"我知道他们优秀，他们伟大，他们努力，他们是杰出青年！所以，去找他们！去选他们！何必跑到我这个流氓窝里来！你走！你给我马上走！"他指着门口，脸上的肌肉扭曲，眼色凌厉而冷酷，他吼得那么响，震得她的耳鼓都痛了。她立刻知道她又错了，她不该提起桑家兄弟，不该用他们来举例。她挣扎着，头昏昏而泪涔涔，心里有种深刻的、惨切的悲哀。桑尔旋曾愤怒地叫她去找万皓然，那个英雄，那个明星！万皓然却愤怒地叫她去找桑尔旋，那个伟人，那个杰出青年！"万皓然，"她凄切地说，"你不要生气，请你别生气！我希望能帮助你……""帮助？"他更怪声怪气起来，"你有没有弄错？我万皓然从小自己打天下，我会需要你这个娇小姐的帮助？你不要让我把牙齿笑掉！""不。"她固执地说，"你需要帮助，你又孤独又寂寞又自卑，你像个飘荡的游魂，你不知道自己的目标，甚至不去追求你的前途，你需要帮助。就算我是个梦娃娃，让我帮你去做梦，有个作家说过，当你连梦都没有的时候，你就什么都没有了！万皓然，"她把发热的手放在他的手背上，迫切地说，"允许我帮助你！"

他像触电般跳起来，涨红了脸："我是没有梦，我是什么都没有！让我告诉你一件事，我最讨厌自以为聪明的女人，偏偏你就是这样一个女人！昨晚我已经说过，我要和你断绝交往，你为什么还要缠住我？你是白痴吗？你看不出来我对你一点兴趣都没有吗？你为什么不滚得远远的！你为什么要来招惹我？假若你认为我爱过你，那你是疯了！你对我，只是桑桑的影子，现在，趁我把你丢出去之前，你这个扮演天使和女神的小丑，你走吧！你走！走！走！"她仓促后退，再也无法在这小屋子里待下去，再也无法在这诟骂和侮辱中待下去。她发出一声绝望的低喊，就逃出了这小屋，就像她早上逃出桑尔旋的房间一样。

雨更大了，哗啦啦地下着。她开始奔跑，漫无目的地奔跑。她的脚踩进了水中，她跑进了树林，树枝钩住了她的衣服，她跌倒了，她再爬起来。她的手指被荆棘刺伤了，在流血了。她的白长裤已经又湿又脏，她的头发水淋淋地披散在脸上。她跑着，跑着，跑着……最后，她已经弄不清楚自己为什么在跑，因为，她的头痛得快要裂开了，她眼前全是星星在闪耀、在跳舞。她耳边像敲钟似的回响着桑尔旋和万皓然两人给她的咒骂，她喘着气，觉得自己简直不能呼吸了。但是，她脑子里还有一句对白，一句清晰而恼怒的对白："……你想杀了奶奶吗？……不！陆雅晴，你不许走，你要把你的戏演完！"是的，她不能走，她要去演戏。

她就这样跌跌冲冲、踉踉跄跄地奔进了桑园，眼前似乎有一大堆模糊的人影，她听到惊呼声，听到奶奶那又焦灼又急切又悲痛又怜爱的狂呼声："桑丫头，你怎么了？"

"奶奶！"她抓住了面前那双粗糙的、满是皱纹的手，像溺水的人抓住一块浮木一般。"奶奶！"她呼唤着，努力想阻止自己的头痛，努力想集中思想，"奶奶！我想……走，我……没有走，我回来……演完我的戏！"

她倒了下去，最后的意识是，奶奶在一迭声地狂喊：

"打电话给李大夫！打电话给李大夫！"

雅晴昏昏沉沉地在床上躺了好几天。

她知道自己病了。奇怪的是，从小她就结实而健康，从不知道什么叫晕倒，什么叫休克，连伤风感冒都难得害一次。而现在，病势却来势汹汹。有好几天的日子，她都陷在半昏迷的状况里。隐隐约约地，她也知道自己床边来来往往穿梭着人群。奶奶、纪妈、李医生、尔凯、尔旋、宜娟……是的，尔旋也来过，她确定这一点。但是，在那周身烧灼似的痛楚，和脑袋里撕裂般的疼痛中，她一直在哭着，喊着，说着，说些什么，喊些什么，她自己也不清楚，只觉得一忽儿像沉溺在几千万丈深的冰渊里，一忽儿又像置身在熊熊燃烧的烈火中，使她不自禁地哭出来，叫出来：

"我不能再这样下去了，奶奶，他们烧我，撕碎我，冰冻我，他们两个！奶奶……让我走，我要去找爸爸，不，不，他也不要我，没有人要我，没有人……"

她哭着，说着，汗水湿透了头发和衣襟。

然后，她慢慢地清醒了。

随着这份清醒，她惊惧而担忧，她想，她穿帮了。她叫过爸爸，不是吗？她一定穿帮了。可是，奶奶抚摸着她的时候只有怜爱，只有深切的关怀和心疼，她把她拥在怀中，摇晃着，像摇晃一个小婴儿，嘴里喃喃地、不停地念叨着：

"好了，宝贝儿，你瞧，病来得凶，去得快，你没事了。我让纪妈喂鸡汤给你喝。宝贝儿，你好好的哇，别吓坏你奶奶哇！有谁让你生气了，你告诉我，是尔旋，是吗？奶奶帮你出气，奶奶一定帮你出气！"

于是，她知道，她并没有穿帮。奶奶一定把她那些话当作病中的"呓语"。她没穿帮，所以，她这场戏还要演下去。在奶奶那宠爱与怜惜下，这戏也不能不演。她不能把一切搅得乱七八糟之后，就甩开手不管了！尔旋说的。她不能没有责任感，没有道义，没有感情……残忍而冷酷！尔旋说的。于是，她心灰意冷地躺在床上，不想动，不想说话，她闭上眼睛强迫自己什么都不去想。但，思想是个无孔不入的敌人，你永远逃不开它。她的神志一旦恢复，她就能清楚记起从打架以后发生的每件事。她无法把那两个男人的影像从她脑子里剔除。桑尔旋和万皓然！奇怪，这些迷乱的日子里，她从没有好好地分析过自己的感情，到底桑尔旋和万皓然哪一个在她心里的比重大？她从不愿想，从不去想，她只知道，尔旋使她亲切、安定，满怀充满了柔情。这份感情像涓涓细流，潺潺轻柔而美丽。万皓然却使她窒息，燃烧，激动而兴奋，像一场在黑夜中燃烧的大火，强烈炙热而带着烧灼的痛楚。雅晴从没恋爱过，她不知道爱是什么，也不知道哪一份感情是正常的。可是，她却清楚地明白，她喜欢他们两个……可是，她也失去了他们两个！

躺在那儿，她的病已经没什么了。她却不愿下床来，在内心的底层，她深切地体会到自己的落寞、失意、沮丧与悲哀。她很消沉，消沉到再也提不起往日的活力，她不想笑，不想说话，不想动，什么都不想做。李医生曾笑着拍打她的肩膀："怎么？病好了还想赖床啊？又不是小时候要翘课！你必须起床活动活动，要不然，你会越睡越没精神！"

李医生走出去，关上房门后，她就听到李医生在对兰姑他们说："不要告诉奶奶。你们必须设法振作起这孩子的精神。她真正生病的不是肉体，她受了打击。她非常消沉，所以，她不想吃也不想动，再这样下去，情况会变得很严重，我建议……"他的声音低了下去，雅晴听不到了，她也不想听。在这种彻底的消沉和绝望里，她认为什么事都不重要。她脑子里始终回荡着尔旋对她说的话：

"……我想，我已经认清楚了你！你最好不要再来烦我！从此，你只是我雇用的一个职员……"

然后，就是万皓然的话：

"……我们之间已经完了……你为什么还要缠住我？你是白痴吗？你看不出来我对你一点兴趣都没有吗？……"

她闭紧眼睛把脸埋在枕头里。她不知道，有什么其他的女孩曾像她这样受尽屈辱！她恨这两个人！她恨透了这两个人！她希望这一辈子再也不要见到这两个人！她昏昏沉沉地躺着！有些时候，她会觉得听到吉他声，她就愤怒得要发狂。也有些时候，她听到桑尔旋在低呼她的名字，她就用整个棉被蒙住头，让自己几乎窒息而死。

可是，即使她能逃开万皓然，她也绝逃不开桑尔旋。

一天深夜，她从那一直在吞噬着她的冰流中醒过来，茫然地皱着眉头，寒战着想攀援一件比较温暖的东西，她总觉得冷，在高烧之后，她总是冷，那冷气从内心深处冒出来，扩散到四肢百骸去，她快被冻死了。她听到床边有声音，她伸手抓着，嘴里讷讷地说着："兰姑，我很冷。"她的手被一只强而有力的手握住了，她一惊，迅速地睁开眼睛。于是，她看到桑尔旋正握紧了她的手，用他那大而温暖的双手紧捧着，试图用自己的体温去温暖她那冰凉冰凉的手。她环室四顾，房里没有人，只有她和尔旋！这一定是兰姑刻意安排的。她惊慌地要把手从他手中抽出来，心里在发疯般地狂喊着：我不要见他！我不要见他！我不要见一个轻视我、侮辱我、咒骂我的男人！我不要！她挣扎着，身子往床里退缩，眼睛大大地瞪着他，里面明显地流露着惊慌与抗拒。他把她握得牢牢的，他的眼光紧盯着她，里面盛满了乞谅、求恕、痛苦与怜惜。

"雅晴，"他低唤着，"不要退开，不要躲我，你知道我多么困难才能避开奶奶，和你见面。你知道我在你门外守过多少夜，在你床前站过多少时间……不要闭上眼睛！我知道你很清醒。听我说，雅晴，我一生没有如此真心地向人道歉……"他把她的手送到唇边，用嘴唇压着，他的眼睛闭了闭，再张开的时候，那眼里竟闪着泪光。"原谅我！雅晴。如果你不能原谅，你骂我，诅咒我……什么都可以，只要你停止折磨你自己。"她咬嘴唇，头转向床内，她恨自己，因为眼泪一下子就冲进了眼眶。他放开她的手，立刻扶住她的头，用手帕去擦拭她的泪痕。她挣扎着往床里躲去，低哑地嚷着："不许碰我！"他立即缩回手去，含泪看着她。他眼里有着忍耐与顺从、懊恼与哀愁。"好好，"他急促地说，"我不碰你，只请求你听我解释……""我不听！"她啜泣着说，"我不听！当我要向别人解释的时候，也没人听过我！所以，我不听！你走！你也不要再来烦我，反正我只是你雇用的一个职员！……你走，不要来烦我！"他盯着她，脸色苍白。他看来又憔悴又绝望。

"你知道什么叫嫉妒吗？"他忽然问。

她瞪着他。

"你知道我已经被嫉妒烧昏了头吗？你知道如果我能少爱你一点，我就不会说那些话吗？你知道我已经为这些话付出了代价吗？……"他的声音低沉而颤抖，苍白的脸因激动而发红了，"当他们告诉我你病了，当我在你床前看到你在高烧中昏迷呓语，你一直说：我恨他们两个，我恨他们两个！我……我真想给自己一耳光。我真想……代你生病，代你痛苦，代你发烧，只要你能复原过来，恢复你的活泼天真，叫我做什么都可以！我一直想你站在天桥上对电影看板龇牙咧嘴的样子，想起你在'花树'对侍者瞪着眼睛说：你没见过不节食的人吗？那时你虽然烦躁不安，却那么天真，那么自由，那么充满了青春与活力。是我把你弄到这儿来的……"他轻轻地用手抚摸她披在枕上的发丝，却不敢去"碰"她。"我给了你那么多压力，要你扮演桑桑，又爱上你，在你还弄不清楚爱情是什么的时候，我又打架，闹事，受伤……还把这一切责任归诸你。骂你，责备你，诅咒你，发疯般地说些莫名其妙的混账话……哦，雅晴，"他热烈地低喊，"我受过惩罚了。这些日子，不管我在你身边或不在你身边，我都痛苦得快死了。"他再度扑向她，尝试地去握她的手。

她想抽回手来，她想给他一耳光，她想叫他滚出去……但是，她什么都没做。他那些话，那些充满感情、歉疚、热爱和痛楚的话……使她内心全被酸楚所胀满了，使她喉咙哽塞而泪眼模糊了。她终于哭了出来，眼泪一发而不可止，她啜泣着，求助地把手放在他的胸前，嘴里却仍然在喃喃地、叽里咕噜地说着："我不要听你！我不要听你……你好坏好坏，你故意说这些，你故意把我弄哭……我不要听你，我不要！我不要……"她泣不成声了。"好，不听我！不要听我！"他哽塞地说，一下子就把她的头抱在胸口，她紧贴着他，把眼泪鼻涕弄了他一身。他抱紧她的头，不停地说："不要听我，不要听我，我太坏了！我是天下最坏最笨最该死的人！那晚你拼了命救我，撕掉整件衣服来包扎我的伤口……而我，我用什么来回报了你？我是太坏了，太坏了，坏得不可原谅……"

她哭得更伤心了。原来，任何人内心深处的委屈，一旦被说破了，了解了，会使人真正放声一恸的。她就"放声一恸"了。甚至顾不得会不会惊动奶奶。他不住地用手帕去擦她的眼泪，她的泪水那么多，使那条小手帕简直不管用了。于是，他一任她把眼泪沾湿在他的衣服上。

好一会儿，她哭停了。经过这样一次大恸，她觉得心里反而舒服多了。这些日子来，一直堵塞在那儿的一口怨气，似乎舒散开来了。他低头看着她，用手扶着她的头，然后，他热烈而激动地轻喊了一声：

"雅晴！"俯下头来，他想吻她。她立即把头一偏，闪开了。他眼里掠过了一抹受伤的、深刻的悲哀，他按捺住了自己，低声问："还在恨我？不肯原谅我？还是——我仍然不算得到了你？"她躺回床上，转开了头，拒绝回答。

他叹了口长气。"我又错了。"他说，"我不问你，不逼迫你，不再给你任何压力。"他拉上棉被，盖好她，温柔地凝视她，"我能不能在这儿陪着你？"她轻轻摇头，伸手去轻触他的面颊。

"你瘦了。"她低语，"你该睡觉！"

他眼里闪过一道光彩，因她的"关怀"而满心感动了。他不由自主地侧过头去，吻了她的指尖。

"你——也瘦了。"他说，"不过，我要让你很快胖起来。雅晴，快些好起来吧！"他紧握住她的手，"你把大家都急坏了。奶奶去庙里给你烧香，她坚持你是冲犯了什么鬼神。"

"奶奶——"她怯怯地问，"怀疑了吗？我有没有穿帮？"

他摇摇头。"你没穿帮，我却差点穿帮了。"

"怎么？"

"有天晚上，你病得很厉害，我坐在你房门口扯头发，被奶奶撞到了。"

"哦？"她惊愕而担忧，"奶奶说了什么吗？"

"她说：傻小子，扯光头发也治不好病！你回房间去睡觉，你妹妹会好起来的。她很感动，因为我们'手足情深'！"

她忍不住笑了笑。

他死盯着她，眼眶湿了。

"怎么了？"她不解地问。

"你笑了。"他屏息说，"你不知道这笑容对我的意义！"他跳起来，因为自己流露的热情而狼狈了。"我听你的话，我去睡觉。可是，你也要睡，好好地、甜甜地睡一觉，明天就可以下床了。嗯？"他望着她。

她含笑又含泪地点头。他转身想走，又回过头来，看了她好一会儿，然后，他小心翼翼地俯下头来，在她额上印下了轻轻一吻，他耳语般地、飞快地说了几句：

"希望这不算是冒犯你！不管时机到了还是没到，我必须让你了解，我爱你，雅晴。"

站起来，他头也不回地跑出了房间。

她却躺在那儿，清醒而感动，心酸而欣慰。她自己也不明白这情绪算是什么。但，她在这一瞬间，深深体会到一件事，如果你不明白什么叫"爱"，你最起码该了解什么叫"被爱"。她闭上眼睛，满胸怀都为这"被爱"的"喜悦"而胀满了。

　　她很快就恢复了健康。第二天，她已经下床了。第三天，她已楼上楼下地奔跑了。第四天，她在花园里采花捉蝴蝶了。奶奶笑着揉眼睛把她搂在怀里，又摸她头发又摸她脖子又摸她面颊。"整整瘦掉一圈了！"奶奶说，又唉声叹气起来，"唉唉，你们这些让人操心的孩子，一会儿撞车了，一会儿又生病了！把我这几根老骨头都快折腾断了！"

　　雅晴忍不住搂着奶奶的脖子，吻着她那满是皱纹的面颊，郑重地、发誓地说："保证不再生病了！""傻孩子！"奶奶笑弯了腰，一面笑一面忙着叫纪妈，给桑丫头炖鸡汤，煮当归鸭，好好地"补一补"。

　　生活又恢复常态了，两兄弟也开始上班忙碌了。雅晴一连三天都听到吉他声，像一种呼唤、一种魔咒，使她心慌意乱而精神不集中。可是，她固执地不理会这吉他声，在经过那小木屋前的折辱之后，她不能再理会那个人了，不管他是流氓或是天才！于是，有一天，当桑尔凯和桑尔旋刚出门不久，门铃就响了，纪妈急急地来找她：

　　"楼下有人找你！""是谁？""一个女孩子，我看……很像是万家的女孩！"

　　万洁然！她奔下楼，在花园门口看到了万洁然，她站在铁门外，一身素净的白衣服，头上戴着朵小白花。她有些迷惑，看着万洁然，问："怎么了？""我妈死了。"万洁然说，"一个星期以前的事。"

"哦？"她很同情，但，万洁然脸上并没有悲哀。

"她总算走完了她这痛苦的一生，对她来说，死亡是个喜剧而不是悲剧，自从父亲犯案入狱，她就没有笑过，现在，她总算解脱了。"她抬眼看她，"我哥哥要我来找你，他说，他在梧桐树下面等你！"

她的心脏不规则地乱跳起来。

"我不去。"她咬牙说，"请转告他我不去！"

"他说，如果你不去，他就找上门来了。不管会不会再和桑家兄弟打架，也不管会不会拆穿你的底牌。你知道，他是说得到做得到的！"这简直是威胁，但，她了解万皓然，如果他这样说了，他真会做到。于是，她去了梧桐树下。

这是从小屋前吵架分手后，一个月以来，他们第一次再见面。他坐在梧桐树下的横木上面，正在弹着吉他，弹着一支她从没听过的、陌生的曲子。调子很缓慢，很哀怨，很凄凉。他缓缓地弹着，对于她的走近，似乎根本没有注意。短短一个月，他唇边多了两条深深的刻痕，他瘦削而憔悴，浓黑的头发杂乱地竖着。他仍然是一副桀骜不驯的样子，仍然傲慢而目中无人。她站着，等待着他把一曲弹完，终于，他弹完了，抬起头来。他问："知道这支曲子吗？听过吗？"

"不，没听过。""这就是《梦的衣裳》！"他说，"我并不喜欢这些做梦呀衣裳呀的歌词，太女性化了，但是，我承认它很美。尤其最后两句：请你请你请你——把这件衣裳好好珍藏！"

"我想，你是无梦也无情的！"她说，冷冷地看着他，想着那个被驱逐的下雨天，"你也不会去珍藏一件梦的衣裳！"

"当你连梦都没有的时候，你就什么都没有了。"他说，眼光定定地停在她脸上，"我想，我应该学着去寻梦，去追求一些东西！也珍藏一些东西！"他把双手伸给她，命令地说："过来！不必把我看成魔鬼，我不会吃掉你！"

她倒退了一步，她不想再被他捉住。

"我听说了你母亲的事，"她说，"我很遗憾。"

他跳起来，一把抓住了她的手，把她拉到自己的面前，动作突兀而野蛮。她吓了好大一跳，但，她已被他牢牢地握住了。"我不想谈我母亲！"他粗鲁而喑哑地说。

"那么，就不要谈吧！"她说，突然体会到他那冷漠的外表下，藏着多么深切的悲哀。

"我曾经想让她过几天好日子，"他自己谈了起来，"曾经想闯一番事业，打一个天下送给她，曾经希望有一天，人人都会尊敬地对她脱帽鞠躬，喊一声：万老太太，您好！可是，她——没有等我。"他的头垂着，眼睛注视着她的手。"所以，你瞧，"他低哑地说，"我并不是没有梦，我也有。只因为那个梦太遥远，我就必须用粗鲁野蛮和放浪形骸来伪装自己。"

她不说话，她不敢也不能说话，她发现他第一次这样坦率地剖白自己。这使她感动，使她充满了怜恤与同情。下雨天的争执已经很遥远了，遥远得像几百年前的事了，她几乎不复记忆了。她举起手来，轻轻地抚摸他的头发，就像奶奶常常抚摸自己的头发一样。

"我听说你病了一场，"他继续说，仍然没有抬头看她，"我想，我要负一些责任。我曾经坐在这儿连夜弹琴给你听，我不知道你听见没有？这两天，我天天在这儿弹，只希望能让你见我一面。你不来，那么，你是不愿意见我了？我本可以直接闯到桑家去，但，我不想惊吓奶奶……那是个几乎和我母亲一样伟大的女人。所以，我就让洁然去了。我在走以前必须见你一面，雅晴。"

"在走以前？"她一惊，在他身边坐了下去，她伸手扶着他的肩膀，让他面对自己，"你要走到什么地方去？"她问，寻找着他的眼光。"去追求我的前途，"他迎视着她的眼光，清晰地说，"我不想再做个飘荡的游魂。这些年来，从没有人用这种棒子来敲醒我，除了你，雅晴。"

"你预备怎么开始？""首先离开那个木屋区，然后我要去唱歌，我从不认为歌唱是个男人的职业，尤其像我这种男人！所以，那是个过渡时期，我要好好地、认真地唱一段时间。你信吗？如果我认真而努力，我会成为一颗'巨星'！"

"我相信。"她诚挚地说。

"等我赚到一些钱，我要去办个牧场，或是农场。今天，我在报上看到任显群办农场的经过，我很感动，不论他做错过什么，他从一个显赫的大官变成个开垦的农夫，这需要毅力和勇气，是不是？"她默默点头。"我妈死了，洁然早就有了男朋友，只为了妈和我才拖延着婚事，现在，她也该嫁了。

我已经一无牵挂，除了——你。"他深刻地凝视着她了，眼底的神情非常古怪。"不，"他又说，"你也不会成为我的牵挂。"

她仍然不说话，只是瞅着他。

"我有一条遥远的路要走，自己都不知道未来如何，这可能是条漫长而辛苦的道路，我必须自己去走！我不能让你来扶我……"

她轻轻地扬着睫毛，轻轻地笑了。

"你真正的意思是，你不能有任何牵累。"她说，温柔地望进他眼睛深处，"我想，我终于有些了解你了。有些男人，生来就属于孤独，生来就不是家庭的附属品。你就是那种男人，所以，当初你根本不想和桑桑结婚。虽然你很爱她。"

"是的，我不知道这样会杀了桑桑。"

"放心，"她低语，"我不是桑桑。"

"你确实不是，"他的眼珠一瞬也不瞬，"桑桑爱我，你并不爱我。"

她惊愕地瞪他。"你怎么知道？"她坦率地说，"连我自己都不知道呢！"

"如果你被爱过，你就会知道什么是爱。"他说，"桑桑永远抵制不了我用吉他对她的呼唤，桑桑会追随我到海角天涯，桑桑跟我生气顶多只能维持三分钟……最主要的，如果我叫桑桑跟我走，她不会扑向别的男人！"

她深深地看着他，发现他说得非常冷静，他的思路明朗而清楚，他的眼神第一次这样清爽明亮，而不带丝毫凌厉与阴沉。"我刚刚坐在这儿弹《梦的衣裳》，我在凭吊桑桑。你知道桑桑为什么自杀吗？因为她知道我是个情场上的逃兵，她一直知道。所以她有'请你请你请你——把这件衣裳好好珍藏！'的句子。雅晴，"他看她，"你不知道，她是多么纯洁而深情的女孩！""我想，我知道。"她低声说。

第九章

他看了她好一会儿。"谢谢你！"他忽然说。

"谢我什么？"她迷糊地问。

"谢你很多很多东西，谢谢你骂我，谢谢你恨我，谢谢你披满了阳光走向我……你永远不会懂得，你对我的意义。"他站起身来，低头看她，他眼里掠过一抹更加怪异的神色，"我要走了，台湾很小，说不定哪天我们又见面了，希望再见面时，我不是个飘荡的游魂！雅——晴——"他拉长了声音，"祝你幸福！"她坐在那儿不动，呆呆地抬着头，呆呆地仰望着他，到这时，才明确地了解，这是一次诀别的见面。他们之间最后一次的见面！不知怎的，她觉得心里酸酸涩涩，喉中有个坚硬的硬块。但，他挺立在那儿，高大、潇洒、自负而坚强。坚强——他是真正地坚强了。不再出于伪装，不再是自卑下的面具。他是真正地坚强了。

她茫然地站起身来，立即，他拥抱住她，紧紧地抱住，他并没有吻她，只是把她紧拥在胸前，紧紧地，紧紧地。她被动地站着，被动地贴着他，被他那强壮的胳膊拥抱得不能喘气了。他猝然放开了她，转身去拿起了他的吉他。

"再见！"他说，把吉他非常潇洒地往肩上一甩，他背着吉他，头也不回地、大踏步地走了。他的脚步坚定而踏实，背脊挺拔……他消失在那些高大傲立的树木之中了。

冬天来了。圣诞节转眼就要来临，桑家的宗教观是古怪的，佛诞节要庆祝，生了病要去庙里烧香，但是，外国人的圣诞节，他们也照样庆祝，奶奶的理由很简单：

"那圣诞树花花绿绿的，挂满了小球又挂满了小灯，实在是好看呀！"桑家兄弟早已过惯了中西合璧的生活，他们也热心地布置圣诞树，也忙着购买圣诞礼物。雅晴屈指一算，她到桑家来，居然已经整整六个月了。奶奶度过了最初的三个月，又度过了李医生再次所说的"五个月"。尔旋私下对雅晴说：

"相信精神治疗的魔力吗？如果我们要为她庆祝八十一岁的大寿，我并不觉得是件意外。"

"你预备再从什么地方，找一件礼物来作为奶奶八十一岁的寿礼？"雅晴笑着问。

尔旋呆了呆，忽然悄悄低问："一次婚礼，怎样？"

"尔凯和宜娟的婚礼吗？"

"不。"尔旋直盯着她，"我和你！"

"哇！"她大叫，"你昏了头！那岂不是穿帮了？你要让奶奶以为我们兄妹乱伦吗？你……"

尔旋的眼珠闪烁地凝视她，一个神秘的喜悦的微笑浮上了他的嘴角，雅晴立刻发现她上了当。她等于招认了，如果不是为了"穿帮"，她是会嫁他的了。她蓦然满脸绯红，又龇牙又咧嘴又挑眉毛，她逃开了，边跑边说：

"你这人太坏！太坏！太坏！"

他在花园里的梧桐树下捉住了她，他们隐在树后的阴影里。一片心形的叶片落在她肩上，他拾了起来，沉思地看着树叶，看着她，又抬头看看梧桐。

"我不知道梧桐叶是心形的。"他说。

"事实上，心形的叶片很多。"

"是吗？"他握着她的双肩，一直望进她眼睛深处去，"我以为只有一种树的叶子是心形的。"

"什么树？"

"桑树！"

"胡说，桑叶并不是心形……"

"只要你把它旋转修理一下，是标准的心形！而你，是很会修理人的！"她愣了愣，恍悟他是把"桑尔旋"三个字嵌进句子里去了。她的脸就更红了，呼吸更急促了。尔旋瞪着她，看到她那面泛桃红的双颊，看到她那水汪汪的眼睛，看到她那红艳艳的唇……他就再也克制不住自己，俯过身去，他吻住了她。她恍恍惚惚的，在一日比一日更深的相处里，她不能否认自己是一日比一日更受他的吸引和感动。桑尔旋，她心里想着他的名字。只要你把它旋转修理一下，是标准的心形！她想着他那绕着弯的"明示"。尔旋就是你转，像跳快华尔兹，许久以前他说过。她闭着眼睛，阳光从梧桐树的隙缝里射下来，幻变成无数光点，洒在她头上、身上、衣服上，她的心在"旋转"着。耳边似乎响起了快华尔兹的音乐，砰，砰，砰……她的心也在跳快华尔兹了，是轻快、美妙、疯狂的旋转……在这一刻，什么都不存在了，没有"寒星"，没有万皓然，没有桑桑……她忽然惊觉地推开他，慌张地四面观望：

"你疯了？如果给奶奶撞到了……"

"我是疯了。"他叹口气，眩惑地瞪着她，"天知道，我多为你发疯！"他抓住她的手，"走吧，我们上街去给奶奶选圣诞礼物。"他们坐车进了城，买了无数大大小小的礼物。雅晴给奶奶选了一条毛线披肩，给兰姑选了一件薄呢外套，给纪妈选了一件非常可爱的围裙，给宜娟选了瓶名贵香水，给尔凯选了对金笔……尔旋忙着帮她捧那些大包小包，一面不住口地问："你想当圣诞老公公吗？"

"我还没买完呢！"她在百货公司转着，一面笑着问，"你不买样东西送我吗？""我早就买了！""哦？"她有些惊奇，望着他，"你什么时候买的？是什么？可不可以预先告诉我？""不行。"他微笑着，"天机不可泄露。"

她歪歪头，做了个鬼脸。猜想他很可能去定做了件什么名贵的首饰之类。她不再问了。在百货公司又转了半天，她再选了一个很漂亮的红木烟斗，和一串珍珠项链。尔旋惊奇地望着她，问："这又是送谁的？"她看着他，叹口气。"别忘了，我姓陆呵！"她说，"这是送爸爸和曼如的。今天，我要回去一趟。""好，"他说，"我送你回去，我早就该去拜见你父亲了。"他忽然有些紧张，"我也该买样东西送你父亲，给我出点主意，该送什么？哦，对了，你看我会不会穿得太随便了？我是不是该穿西装打领带……"她正眼看他。"你该穿燕尾服！"她说，"再戴顶高帽子，拿一把金拐……""这算干什么？""你是个魔术师！""我不懂。"他皱眉，"这是恭维还是讽刺？"

"你——改变了我的生命。我一度认为，只有魔术师才能改变我的生命。你使我觉得，我活着，有我的价值，为了奶奶，我延长了她的生命，是不是？"

"还有我的生命！"他正色说，"我不是魔术师，雅晴，我只是个小人物。一个小人物，有天无意走上了一座天桥，发现有个女孩站在阳光底下，从此……世界就变了。雅晴，你对我来说，是命运安排的奇迹！"

雅晴在他那诚挚的眼光下融化了。

于是，这天，他们回到了陆家。

陆士达正好在家，他用又惊又喜又紧张又复杂的情绪来接见了桑尔旋。他拉着雅晴的手，左看右看，高兴地说：

"你看来容光焕发，有天兰姑打电话来说你病了，害我急得要命，好在，两天后她又打电话告诉我你好了。怎样？孩子，你是不是都好？"他看了桑尔旋一眼，"你让桑家满意吗？你那个拗脾气，有没有使桑家头痛？"

"他们头痛极了。"雅晴笑着说，也转头去看尔旋，"我让你们满意吗?"她问。

"这是该我来问的问题。"桑尔旋一语双关,"陆伯伯,我正努力在让雅晴满意………"

"咳!"雅晴咳嗽了,转开眼光去找曼如,开始顾左右而言他,"喂,爸,怎么没有看到曼……曼……噢,我是说,我那位小妈妈呀?"陆士达不安地动了动身子。房门开了,曼如云鬘微乱地走了出来,雅晴张大了眼睛惊奇地发现,她的腹部隆起,一件宽松的孕妇装已遮不住她的肚子。雅晴回头看着陆士达,不知是喜是惊,她愕然地微喟了一声,终于吐出了一句:

"恭喜你,爸爸。"曼如有些羞涩,她看看雅晴又看看尔旋,似乎不知该说什么或做什么。雅晴跳起身子,她热烈地握住了曼如的手,及时解除了她的窘迫。"我真太开心了,太开心了。"雅晴嚷着说,"我希望你生个小弟弟,我爸一直没儿子,他虽然不说,我知道他一定挺遗憾的。噢,你要生个小弟弟!""这可不一定呢。"曼如红着脸说。

"没关系,万一是个女娃娃,你还可以再生!"她笑着,拥抱了一下曼如,低声说,"我真的高兴,这下子,你会有个孩子,血管里流着和我相同的血。我再也不能跟你怄气了,小妈妈。"曼如的脸一直红到了脖子上。

陆士达惊奇地看着这一幕,他感动而欣慰。他再转头看桑尔旋,发现后者眼光始终没有离开过雅晴的脸,那深邃而乌黑的眸子里明显地闪烁着爱情。于是,陆士达悄悄把雅晴拉进卧房,私下问她:

"有什么事想告诉爸爸的吗？"

雅晴故作天真状地睁大眼睛摇摇头。

"不要掩饰了！"陆士达拍了拍她的肩膀，笑着，"我打赌，外面那个年轻人并没有把你当妹妹看！"

雅晴笑了，抬起头来，看着父亲。她忽然一本正经地、深思地说："爸，你知道这半年多以来，我认识了许多不同的人，过了和以前截然不同的生活………"她想起万皓然，"爸，如果我嫁给一个杀人犯的儿子，你会不会吓一大跳？"

陆士达盯着她。"是认真的问题吗？""是。"她点点头。他沉思了一会儿。"当杀人犯的儿子并没有罪，"他说，"有罪的只是杀人犯而已。如果那孩子是优秀而有前途的，自然可以嫁。"他凝视她，稍稍有些担心了。"你并不要外面那个年轻人吗？"他问，"你真要嫁一个杀人犯的儿子？"

"差一点。"她说，眼里掠过一丝成熟的忧郁，"那是个好男孩，爸，我想，我差一点爱上了他，或者可以说，几乎爱上了他。但是，他不要我。他爱自由更甚于爱任何女孩，那是个天生的孤独者，也是个奇怪的天才。"她眼里那丝忧郁很快地消失了，抬起头来，她微笑地看着陆士达，眼中重新流露出青春的光彩。"人，是为被爱而爱的。是为被需要而爱的。没有一个女人，会愿意自己成为一个男人的羁绊和累赘。爱是双方面的事，要彼此付出彼此吸收。我费了很长一段时间才了解到一件事，崇拜、欣赏、同情……都不是爱情。狄更斯笔下的《双城记》只是小说，爱情本身是自私的。要彼此占有，彼此倾慕，彼此关怀，彼此强烈地想结成一体。所以，古人的一日不见，如隔三秋，把爱情形容得最好。而秦观的'两情若是久长时，又岂在朝朝暮暮？'只是自我安慰的好词而已。如果每对相爱的人，都不在乎朝朝暮暮，人类就不需要婚姻了。"陆士达怜惜地用手抚摸雅晴的头发，深刻地看着她的眼眉鼻子和嘴。他低语着："雅晴，你成熟了。""我付出过代价，"她看着父亲，"我曾经痛苦过一阵子，认为自己简直是被遗弃了。"她想起万皓然，把吉他潇洒地往背上一甩，头也不回地走往他的"未来"。

"为了那个杀人犯的儿子？"

"是的。但是，后来我想通了。那男孩面前有一长串的挑战，这些挑战才是他的爱人。事实上，他欣赏我，喜欢我，离开我对他可能是痛苦的，这痛苦本身也变成一种挑战，他必须克服，他不能被任何女孩拴住，不论是桑桑，或是雅晴。"她又笑了，眼光明亮，"爸，他有一天会很成功。"

"我相信。"陆士达说，"你谈了很多那个杀人犯的儿子，你是不是该谈谈外面的年轻人了？"

"尔旋吗？"她长叹了一声，扬起睫毛，眼睛变得迷迷蒙蒙的，柔得像水，甜得像梦，"我没有办法形容他，爸。他不是言语可以描述得出来的人，也不是文字可以写得出来的人，他需要你用心灵去体会。"

"你体会了吗？""是的。""怎样呢？"她眼里的雾气更重了，她唇边的笑纹更深了，她长长地叹了口气，是一声又满足、又幸福、又欣慰、又热情的叹息。于是，陆士达知道，他不需要再多问什么了。这孩子在恋爱，她每根纤维，每个细胞都在爱与被爱的喜悦中。他温柔地扶着女儿的肩，低声问："他知道你这么爱他吗？"

"不。只有你知道。"她说，"我在他面前，是很骄傲很矜持的。而且，我自己也才在这几天的日子里，才弄清楚的。"

他笑了。用手指滑过她小巧的鼻尖。

"我看得出来，"他说，"你有点儿小虐待狂，你在折磨那个男孩子，是不？"她也笑了。"我不知道。"她踮起脚尖，吻了吻父亲的面颊，忽然收起笑容，一本正经地、严肃地、郑重地说，"爸，我到今天才知道我有多爱你。""哦？"陆士达感动地凝视她。

"你瞧，我把什么秘密都告诉了你。你知道吗？根据调查，大部分的儿女都不会把心事告诉父母，而宁可告诉朋友。"她顿了顿，又说，"我为前一段时间的事道歉，我高兴你娶了——曼如，我叫她名字，希望你不生气，因为她那么小。哦，爸爸，你娶她要有相当勇气吧？是不是？要应付她的父母，还要应付你那个有点儿虐待狂的女儿？你确实需要勇气！"

陆士达笑笑，不知说什么好。

"我为你的勇气而更爱你，爸。"雅晴温柔地说，"这就是——爱情。无论什么东西都阻碍不了你们要结合的决心，这种勇气，就是爱情。"

从陆家出来，已经是黄昏了。落日挂在天边，又圆又大，彩霞把整个天空都烧红了。雅晴坐上了尔旋的车子，心里从来没有这样轻松过，从来没有这样快乐过。她一直哼着歌，虽然哼得荒腔走板，她仍然自顾自地哼着。尔旋开着车，一面悄眼看她。除了她那闪亮的眼睛那红润的双颊之外，他只看出她的喜悦。他很怀疑，什么事使她这样兴奋，这样快活呢？终于，他忍不住问了出来：

"你和你爸爸关在房间里，谈了好久好久，差点害我在外面闷出病来。你们都谈些什么？"

"真的要知道？"她问。声调怪怪的，眼神也怪怪的。尔旋更加疑心了。"真的要知道！""你敢听？不后悔？""帮帮忙，"他喊，"不要卖关子吧！"

"我问我爸爸，有关我的终身大事！"她面不改色地说。

"呃！"他一惊，车子和迎面而来的一辆大卡车擦身而过。雅晴拍拍他的膝："小心开车。""你爸怎么说？"他掩饰不住自己的紧张。

"你应该先问我，我怎么跟我爸说？"

"好吧！"他咬牙，"你怎么跟你爸说？"

"我说——"她拉长了声音，眼睛瞪着车窗外面，"如果我要嫁给一个杀人犯的儿子，你会不会吓一跳？"

车子滑出了车道，差点撞上了路边的一棵大树。尔旋紧急刹车，车子发出"吱"的一声尖响，车轮摩擦得冒出烟来。尔旋干脆熄了火，雅晴正用手拍着胸口，一股天真无邪相，嚷着说："你怎么啦？叫你小心开车！"

他瞪着她，恨不得咬下她一块肉来。

"你骗人！"他说，"你不可能对你父亲那么说！"

"我发誓！"她一本正经地举起手来，"如果我不是这么问的，我马上给车撞死！给雷劈死！"

他的脸色阴暗了下去，眼光阴郁而怀疑。

"你爸怎么回答？"他再问。

"我爸说，当杀人犯的儿子并没有罪，有罪的只是杀人犯而已。如果那孩子是优秀而有前途的，自然可以嫁。"她回过头来，注视着他，扬起了眉毛，"你看，我爸多开明多讲理，他绝不像你家那样，先考虑人家的身份背景出身……"

他的手握紧了方向盘，手指因用力而骨节都凸了出来。他仔细看她，阴沉沉地说："你有没有撒谎？""我说过，我绝没撒谎！"她正色说，"我们一直在谈他，谈万皓然，我告诉他我对万皓然的感情……谈了很多很多，我想，不必一一转述给你听！结论是，我告诉爸爸，万皓然一定会成功！"他咬紧牙关，闷不开腔。车子里有一阵短暂的沉寂。落日已经很快地坠下了，天边还剩下最后的一抹霞光。他忽然发动了车子，前进又倒退，速度快得惊人。她慌忙抓住他的手，说："停住车子，我还没说完呢！"

"不想听了！"他继续发动车子。

"你会想听的！"她叫着，"停好车，我们谈完再走！停车！我还有话说！"

他停住车，瞪着她，呼吸急促。

"说吧！"他按捺着自己，脸色已经非常难看了。

不能再开玩笑了。雅晴看着他，不能再"虐待"他了。陆雅晴啊，你是个小虐待狂！

"这是我们父女之间第一次沟通，你信吗？"她认真地说，面色凝重而诚恳，声音低柔而清晰，"我们谈了很多，大部分时间是我在说，他在听。当我讲完了万皓然，他才问我，你是怎样的人？我告诉他——"她的眼光幽柔而专注地停在他脸上，"你不是言语可以形容的，你需要用心灵来体会。"她悄悄地把手放在他的手上，小心地，一个字一个字地说："尔旋，我有时是很糊涂的，我有时不太弄得清自己的感情，不过，我分析过，当初引诱我走进桑园的最大魔力，是——你。尔旋，"她再叫，眼光更柔了，声音更低了，"我有没有告诉过你，你——已经——得到我了？"

他屏息片刻，眼光不信任地、闪烁地、深幽地盯在她脸上。他的呼吸更急促了，浑身的肌肉都僵了，他的手指痉挛地抓着方向盘："雅晴，你的意思是……"

"傻瓜！"她叫了出来，"我爱你！我一直爱的就是你！"

他定定地坐了两秒钟，然后，他扑向她，一下子就把她拉进了怀中，他疯狂地吻她的眉毛、她的眼睛、她的面颊、她的下巴、她的脖子……她挣扎着，叫着："别闹，尔旋，车子外面有人在看呢！"

"让他们看去！"他喊着，终于把嘴唇移往她的嘴唇，"如果他们从没看过男女相爱，那么，就让他们开开眼界吧！"

他把炙热的唇盖在她唇上。

圣诞节来了。在桑家，圣诞节依然有它欢乐的气氛与意味，装饰得十分漂亮的圣诞树耸立在客厅中，上面装满了发光的、五颜六色的小球，和成串成串一闪一闪的小灯泡。圣诞树下堆满了礼物，包装得华丽讲究，饰着一朵朵的缎带花。

奶奶、兰姑、纪妈、尔凯、尔旋、宜娟、雅晴……大家都待在家里，拆礼物，看礼物，惊叫，欢笑，彼此拥抱道谢，居然也闹得天翻地覆。奶奶像个孩子，每看一件礼物，就欢呼一声。然后，她披着雅晴送的披肩，挂着兰姑送的玉坠子，穿着纪妈送的小棉袄，裹着尔凯送的长围巾，穿着宜娟送的绣花拖鞋，再套上尔旋送的一对金镯子，她拖拖拉拉、叮叮当当地走来走去，弄得雅晴笑弯了腰，她抱着奶奶，把头埋在奶奶怀中，边笑边说："奶奶，你简直像个吉卜赛的算命女人了。"

"就缺一个水晶球！"尔旋嚷着。

奶奶开心得用手擦眼泪，她抚摸雅晴的头发，和那光滑洁润的颈项，弄得雅晴浑身痒酥酥的。她笑着说：

"奶奶是会算命，信不信？"

"不信！"雅晴笑嚷着。

"不信吗？"奶奶扶起雅晴的头，装模作样，"咱们家明年要办喜事，宜娟和尔凯当然要结婚了。宝贝儿，我看你最近喜上眉梢，大概也好事已近了。"

雅晴一惊，就扭股糖似的在奶奶身上又揉又腻起来，嘴里乱七八糟地大嚷着："奶奶，不来了，不来了！人家大门不出，二门不迈，哪里来的喜事？而且，我也不嫁哩，我跟着奶奶，要嫁吗——除非奶奶跟我一起嫁！""听听这丫头，什么话呀？"奶奶笑得打战，浑身那些叮叮当当拖拖拉拉的玩意儿就都发出了响声。她宠爱地抱着雅晴的头，宠爱地环室四顾，叹口满足的气，她说："我实在是个有福气的老太婆，是不是呀？孩子们，今晚你们怎么不去跳那个什么阿哥哥阿弟弟的舞呀？还有什么弟是哥的玩意儿呀？"弟是哥？"宜娟诧异地睁大眼睛，"奶奶，什么叫弟是哥呀？""我也不懂哇！"奶奶喊，"那天电视里不是还在介绍吗？尔旋，你不是说还要做个专集吗？那种舞好好玩啊，跳起来就像手脚都抽了筋一样！"

"迪斯科！"雅晴喊，"奶奶是说迪斯科呀！"

"迪斯科！"尔凯难得一笑的，也被逗乐了，"奶奶，你真错得离谱！""洋名字我说不来，会咬舌头！"奶奶说，"我还在迷糊呢，大概是双胞胎搞不清楚，兄弟两个反正长得差不多，所以就变成'弟是哥'了！""哇呀！"雅晴笑得坐到地毯上去了，脑袋直往奶奶怀里钻，"奶奶，你要笑死我，笑得我喘不过气来了！"

满屋子里，大家都笑成了一团。奶奶揉揉眼睛，抓着雅晴的衣服喊："桑丫头，你怎么又成了麦芽糖了？你再钻啊，就要钻进我肚子里去了。我看啊，你越活越小了。"

大家又笑。奶奶边笑边说：

"你们有谁会跳那个'弟是哥'呀？跳给奶奶看看，让我这个老太婆也开开眼界！上次电视里放出来都是花花绿绿的，我这老花眼不中用，看起来一片模模糊糊的！"

"我会跳！"雅晴跳了起来，满屋子没有附议的。

"大哥！"雅晴大叫着，"音乐！"

尔凯慌忙选了张迪斯科的唱片，放在唱机上，立刻，满屋子都响起了迪斯科那节奏明快的、充满喜悦和青春气息的音乐声。雅晴立刻跳起来，边跳边舞向尔凯，她嚷着：

"还不来和我一起跳！大哥，宜娟，你们别躲在那儿装傻，谁不知道你们也会跳！"她拉起了宜娟，捉过来尔旋，又对尔凯瞪眼睛。于是，尔凯、尔旋和宜娟都站了起来。音乐是有感染力的，欢乐气息更是有感染力的，何况，桑家兄弟们都知道，奶奶过完今年的圣诞节，不知道还有没有明年。他们跳了起来，简直是一场"表演"，两对都又卖力又认真，和着拍子，他们轻快地舞动，每一旋转，每一扭动，每一起伏，每一动作，无不配合得恰到好处。他们边跳边笑，有时还和着拍子鼓掌。雅晴更是花样百出，她跳花步，各种各样的花步，把双手交叉放在脑后，左右摇摆着身子，双腿下弯到不可能的程度。尔旋为了和她配合，只好见样学样，跳得他腰酸背痛，气喘如牛。当他们贴近时，他悄问雅晴：

"好小姐，你从哪儿学来这些花样？"

"告诉你一个秘密，"雅晴和他手勾手地旋转着，在他耳边悄悄说，"我根本不会跳，从来没学过！好在奶奶也看不懂！"

尔旋目瞪口呆，看她一脸天真的笑，跳得那么有板有眼，一副专家模样，心想，约翰·特拉沃尔塔看了，大概也得心服口服吧！房间里是热闹极了，音乐喧嚣地响着，两对年轻人跳得连空气都热了。奶奶叹为观止，对每个动作都感兴趣，不停地笑。兰姑和纪妈也分享了喜悦，跟着奶奶笑，跟着奶奶又摇头又点头又赞美又叹气。圣诞树上闪烁的小灯更增加了气氛，屋子里简直要被歌声、笑声、舞声、鼓掌声闹翻了天。最后，一张唱片终于放完了，两对年轻人都已精疲力竭，跳得大汗淋漓。雅晴首先就往地毯上一躺，四仰八叉地伸展着四肢，嘴里乱七八糟地叫着：

"奶奶！都是你闹的！好好的要看什么'弟是哥'，把我可给累坏了。我气都喘不过来了！"

奶奶可心疼坏了。一面笑，她一面推着兰姑，叫着纪妈：

"兰丫头，快去把那孩子给我扶起来！纪妈！纪妈！咱们不是有冰镇酸梅汤吗，给他们一人一碗，可别累坏了。敢情这就是'弟是哥'呀，我看，干脆改个名儿，叫'累死我'好了！"

大家又哄然大笑了起来，那天晚上，不知道怎么就有这么多笑料，不知怎么就有这么浓郁的欢乐气息。当然，那晚，雅晴也收到很多圣诞礼物，都是又名贵又可爱的，从红宝石别针到珊瑚耳环，应有尽有。奶奶给了她一个金链子，下面是块锁片，锁片上镂着一个"桑"字。尔旋呢？当她要拆尔旋的礼物时，尔旋混乱中，在她耳边说了句："回房间再看！"她识相地没打开。后来，她把礼物抱回房去，才飞快地拆开了尔旋的包装纸，她发现里面是个考究的盒子，她好奇地打开盒子，有片绿油油的桑叶放在红丝绒的衬里上，她拾起桑叶，才发现是片薄翡翠镂出来的，居然镂成一片心形。桑叶下面，是张小笺，写着：

送上一片小小的桑叶，

附上我那悠悠的未来！

她合上盒子，收好桑叶，再下楼的时候，她的脸红红的，眼睛亮亮的，而尔旋的眼光，就一直跟着她转，使她不得不扑到奶奶怀里去撒娇撒痴，以逃避尔旋那露骨的逼视。

那晚，他们一直闹到夜深。当大钟敲了十二下，奶奶伸了个懒腰，满足地叹了口长气，说：

"不行了，奶奶的老骨头受不了了。桑丫头，你扶我回房去睡觉吧！""好的，奶奶。"雅晴搀扶着奶奶，一步步走上楼，奶奶回头对楼下笑着："你们要玩就继续玩啊，别让我扫你们的兴。"

走进奶奶的房间，雅晴服侍奶奶脱下了那满身乱七八糟的衣服和叮叮当当的首饰，服侍奶奶洗了澡，换上睡衣，又服侍奶奶上了床。奶奶拥被而坐，虽然闹了整整一个晚上，她仍然精神良好，她坐在那儿，忽然紧紧拉住了雅晴的手，怜爱而慈祥地说："宝贝儿，坐下来，奶奶有些话想跟你说！"

雅晴有些意外，却顺从地坐在奶奶的床沿上。奶奶用枕头垫在腰后面，她注视着雅晴，虽然老眼昏花，却依旧闪着光彩。她的手紧握着雅晴的手，唇边含着个微笑，她对雅晴注视了好半天，终于开了口。

"孩子，"她柔声问，"他们把你从什么地方找来的？"

雅晴的心脏怦然一跳，几乎跳到了喉咙口。她瞪视着奶奶，相信自己的脸色变白了。

"奶奶，你在说什么？我不懂。"她说。

奶奶拍了拍她的手背。

"你肯不肯帮我守秘密？"她忽然问。

"肯。"雅晴点点头。"我们今天晚上的谈话，你肯不肯不告诉那兄弟两个？也不告诉兰丫头和纪妈？这只是我们之间的秘密，好不好？宝贝儿？""好。"她被动地点点头，心里有些七上八下。

"你发誓吗？"她认真地再问。

"我发誓。"她认真地回答。

"那么，孩子，你听我说，你不是桑桑！"

她惊跳，脸更白了，眼睛睁得更大了。

"奶奶！"她惊喊着。"别慌，宝贝儿！"奶奶把她拖近身边，用手慈祥地、安慰地、爱抚地摸着她的手，和她的头发，"你费了那么大力气来演这场戏，孩子们费了那么多心血来导演和配合这场戏，我本来应该装糊涂就装到底了……可是，奶奶不说出来，心里总是憋得慌。而且，我还有话要对你说，孩子，"她诚挚地看她，"你总该告诉我，你真正的名字了吧？"

"我……我……"她嗫嚅着，心里乱糟糟的，简直说不出来是种什么滋味。她垂下头去，蚊子叫般地轻哼出来："我姓陆，叫陆雅晴。""说大声点儿，奶奶耳朵真的不行了。"

"陆雅晴。"她重复了一遍，"大陆的陆，文雅的雅，天晴的晴。""陆雅晴，"奶奶念叨着，微笑地说，"你有个很好的名字。"

"奶奶！"她振作了一下，竭力让自己从惊慌和混乱中恢复过来，"你一开始就知道我是冒充的吗？一开始就知道这是演戏吗？""不。"奶奶低语，"你确实骗过了我。"

"那么，我什么时候穿帮的？"

第十章

奶奶微笑了一下，眼光又温柔又疼爱又亲切又慈祥地停驻在雅晴脸上。"让我告诉你，孩子。我早就猜到桑桑已经不在了，在你出现以前，我就猜到了。"她的声音低柔，眼光有些迷蒙起来，"当那兄弟两个急匆匆地赶去美国，我就知道不对劲了，很少有事情能让他们兄弟两个都放下工作，一起在国外跑的。而且，桑丫头那副拗脾气，什么事都做得出来。兄弟俩从国外回来，编了一大套话告诉我，我也半信半疑，但是，从此，桑桑只写信回来，而不打电话了。唉！你想，桑桑怎么可能一连三年之间，连个长途电话都舍不得打呀？"

雅晴呆望着奶奶，心里又迷糊又茫然又惆怅。她想着那兄弟两个，想着兰姑、纪妈，他们千算万算，毕竟有算不到的事情！"而且，"奶奶继续说了下去，"我经过了太多的变故、太多的生离死别，我比任何人都敏感。宝贝儿，你奶奶虽然老了，并不糊涂。再加上，祖孙之间，天生有种血缘关系，有种心灵感应。我猜到她去了，不管是怎么去的，她一定不在了。可是，孩子们既然那么刻意地瞒我，我也就装聋作哑，反正，奶奶也这么一大把年纪了。总有一天，我也会去那儿，去和他们团聚。""奶奶！"雅晴喊。"好，"奶奶笑了笑，握紧雅晴的手，"咱们不说那些伤感情的事。让我告诉你吧，你那天猛然出现在我面前，确实把我吓了好大一跳！你那么像桑桑，说话、举动、又哭又笑又闹的劲儿……噢，孩子，你真的骗过了我，我以为我错了，我的桑桑并没有死，她回来了。哦，我真的好开心好开心呀！你怎么演得那样真呀？你怎么会扑在我怀里哭呀？"

"我没演，奶奶，"雅晴认真地说，"我一见到您，那么慈祥，那么敦厚，那么可爱的样儿，我的眼泪就自然而然地来了，我是真的哭了。""好孩子，"奶奶用手摸着她的颈项，"你是又善良又好心又热情的女孩。只有你这么好的孩子，才会接受这兄弟两个荒谬的提议……""还有兰姑。"雅晴说。

"唉，兰丫头！"奶奶叹着气，忽然一本正经地对雅晴说，"答应我，你以后要特别对你兰姑孝顺点儿，这孩子为了桑家的老的和小的，把自己一生的幸福都牺牲了！"

"奶奶！"她再喊，心里更迷糊了。

"我告诉你吧，"奶奶回到原来的话题，"你是骗了我一阵子，什么吉他风波啦，什么永远不唱歌啦，唉，你真把老奶奶哄得团团转。可是，后来，我越想越不对了，越想越不可能。但是，你又活生生是我的桑丫头！我心里知道总有些不对劲。然后，有一天，我在尔凯的抽屉里发现一封信，一封他假装桑丫头写给我的家书，一定因为及时发现了你，这封信也忘了毁掉。我不服气了，再继续找，于是，我找到了一些全是洋文的信件，我到了一趟台北邮局，请那儿一位好心的小姐帮我翻译出来，所以，孩子，我都知道了，我的桑丫头是真的不在了。"雅晴呆望着奶奶，眼里顿时涌上了泪水。

"对不起，"她哽塞地说，"对不起，奶奶，我不是恶意要来欺骗你的。""别哭，别哭。"奶奶慌忙说，像她们第一次见面时一样，用衣袖去擦拭着她的眼睛，一面急急地说，"你可不能掉眼泪，你如果掉眼泪，奶奶也要哭了呀！"

"好！我不哭。"她擦干了泪痕，再望向奶奶，"你回家居然没有说！""唉！孩子们用了那么多心机来让我开心，如果我说穿了，会多伤他们的心呢！而且，说真的，我当时并没有不开心，我反而很高兴。桑桑去了，是我老早就怀疑的事，也是件不能改的事实……我有没有告诉过你，如果去哀悼已经失去的人，不如把这份感情用来怜取眼前的人？"

"是的，你说过！""记住这句话！在每个人的生命里，都会失去一些的！记住它，对你将来也会有很大的帮助。"奶奶说得口都干了，雅晴端了杯水，送到她面前，让她喝了两口，然后，奶奶又说了下去，"事实上，真正穿帮的并不是你，最引起我怀疑的是尔旋，他行动古怪，整天那两个眼珠子，就跟着你转。唉，宝贝儿，奶奶是老了，人越老，经验也越多了。那孩子是着了迷呢！几时听说过，哥哥会对妹妹着迷的呀？"

雅晴的脸发热了："奶奶，你什么时候证实我是假的了？"

"九月中。"

"噢，"她愣住了，"这么说来，你老早老早就已经知道了？"

"是的。"

雅晴扬着睫毛，定定地看着奶奶，心里涌上一股难以形容的情绪。这些日子来，她演戏，尔旋演戏，尔凯演戏，兰姑和纪妈统统联合起来演戏……她却再也没想到，这里面戏演得最成功的，居然是奶奶！大家都没骗到老奶奶，而奶奶却把每个人都骗了！她望着奶奶，看得发呆了。

"怎么了？"奶奶推推她。

"我在想……我们……都不是你老人家的对手。"

奶奶居然笑了起来。"让我告诉你，装糊涂比什么都容易。"

"那么，奶奶，为什么你不继续装下去呀？让我也得意一下，我演得好用功啊！"

"宝贝儿，"奶奶收起了笑，郑重而又诚恳地说，"我可以对他们再装下去，让他们开心，对你，我不能再装了。奶奶有些知心话非跟你说不可，你也知道，我已经多拖了好些日子，我怕再拖不了多久，奶奶就没机会跟你说了！"

"奶奶！"她再度惊叫。

"哦，是的，奶奶也知道，"她了解地看着雅晴，"李医生跟他们联合起来骗我，其实，我心里都有数！"

雅晴目瞪口呆，简直说不出话来了。

"让我快些说吧！"奶奶拉着她的手，"否则，他们会怀疑奶奶为什么把你留了那么久。听我说，宝贝儿，你有次生病了，尔旋有次撞车了，我不再追问你什么。当你生病的时候，尔旋那个呆子就坐在你房门口扯头发……宝贝儿，我知道你遇到了万皓然。那姓万的孩子和我们桑家像是结了不解之缘。以前是桑桑，现在是你。"

雅晴怔怔地坐着，不说话。她不知道，还能有什么事情，是这个老太太所不知道的。

"你明白，桑桑是我的心肝，是我的命根子，桑桑对我有任何要求，我几乎是有求必应。只有一次，我反对了她，就是她和万皓然的婚事。"奶奶深切地凝视着雅晴，"当年桑桑太小，她不能了解。现在呢，你也卷进去了。知道吗？当年，我见过万老太太。""哦？""我和万老太太谈了很久，我也见过万皓然。你必须明白，万皓然确实非常可爱，他有股魔力，他有男子汉的气概，他会是世界上最好的朋友，但是，会是世界上最令人痛苦的丈夫！"雅晴听得痴了。"他是一只鹤。一只孤独的鹤。你当然听过鹤立鸡群那句话，他和别的男人站在一起，他就比别人出色，这种男人，哪一个少女会不爱他呢？但是，他不会被婚姻拴住的，当他真正恋爱的时候，他不争取，反而逃避，他怕爱情，怕婚姻……他从来没有要娶过桑桑！我想，他也没有要娶过你！孩子，"奶奶柔声地问，"他向你求过婚吗？"

雅晴摇头。"你瞧！这就是他！老实说，我很欣赏那孩子！我相信，全世界没有一个女人能拴住这匹野马！这种性格，也是相当让人服气的。好了，宝贝，我长话短说，"她把雅晴更近地拉到自己面前，"你会走进桑家来，你会让我叫了你这么久的宝贝儿，你会姓了咱们家的姓，你会叫了我大半年的奶奶，你会——让我那个傻乎乎的孙子坐在你房门口扯头发——总算你和我们桑家有缘。孩子，我今天给你挂了一块有'桑'字的金牌，我跟你说了这么多，只是想问你一句话：你肯不肯真正做我们桑家的人？"雅晴满脸通红，低低地唤了一声：

"奶奶！"

"你知道，我很害怕吗？"奶奶说。

"怕什么？"她不解地问。

"万皓然。"奶奶坦率地说了出来，"怕他在你心里的分量超过了尔旋……会吗？"

"奶奶！"她低下头去，有些羞涩，有些矫情。

奶奶用手托起了她的下巴，仔细看她。

"你真像桑桑。"

"我保证，奶奶，"她含糊地说，"我不会像桑桑那样做傻事，我毕竟不是桑桑。"奶奶的眼睛亮了。"你不知道我有多喜欢你，"奶奶的声音低哑而温柔，"我打心眼儿里爱你疼你，当你生病那段日子，我真是急坏了。唉，宝贝，不是我做奶奶的夸自己的孙儿，相信我，尔旋会做一个好丈夫。我看着这孩子长大，从没见过他这样失魂落魄，他一向也是骄傲的，也是有个性的，我还怕他永远讨不到老婆呢！但是，他对你，唉！"奶奶深深叹息，"他那么爱你，这份爱也值得珍惜吧！""奶奶！"她的脸更红了，她轻轻把面颊靠在奶奶胸前，"我珍惜的，我一直很珍惜的！"

"那么，你要真正做我们家的人了？"奶奶问，微笑起来，似乎沉浸在无比的幸福中，"奶奶老了，对人世已经没有什么希求了，但是，如果知道你会嫁给尔旋，我想，我就再也没什么遗憾了！""奶奶！"她责备地喊，面颊红得像五月的石榴花，"不要这样说，不要讲那些丧气话，让我告诉你吧，我为万皓然动过心，可是，我想，我一直爱着尔旋。您放心！"她压低声音，"我会嫁他的！""说清楚一点，"奶奶兴奋地说，"别忘了奶奶的耳朵已经聋了呀！""奶奶，"雅晴提高了一些声音，热烈地低喊，"你的耳朵根本不聋，你的眼睛看得比谁都清楚，你的心智明白，你的脑筋是第一流的……不过，你一定要逼我再说一次，我就再说一次：你是我的好奶奶！我答应你，我会嫁给他的，嫁给桑尔旋！行了吗？我的老祖宗？"

奶奶笑了。那笑容又幸福，又满足，又欣慰，又快活，那是世界上最美丽的笑了。三天以后，奶奶在睡眠中与世长辞，唇边还带着笑容，眼角还充满了笑意。

葬礼已经过去了。奶奶被安葬在阳明山的公墓里。

一切都过去了，一切都结束了，生命就是这样，永远在一代又一代地轮换。从葬礼上回来后，雅晴就在房间里，把她的皮箱摊开在床上，她开始慢慢地、慢慢地把自己的衣服，一件件叠好放到箱子里去。她房里有架小电视机，打开电视，她让荧幕上的戏演着，她并不看，只埋头做自己的事，想自己的心事。她的戏已经演完了，她该回去了。她住了手，忽然陷入某种沉思中。是她的戏吗？不，是奶奶的戏演完了。或者，每个人都一生下地，就开始扮演自己的角色，直到死亡，角色才算演完。奶奶，她扮演了怎样的角色呢？一个大时代中的小女人，像大海中的一个小泡沫，没有人注意它的升起，也没有人注意它的消失。在我们这个时代里，有多少这种默默而生、默默而去的人呢？

她摇摇头，明知道奶奶的去只是迟早的问题，她仍然满怀酸楚。在这一刻，她才更深地体会到，自己有多深地爱着奶奶，事实上，在她见奶奶的第一面时，她就已经爱上这个满怀创伤却仍坚强屹立的老人。她爱她，她真的爱她……把衣服堆在床上，她默默地拭去颊边的泪水。

楼下还有很多客人，李医生夫妇、宜娟的父母和一些尔旋父辈的朋友们，正在客厅里谈着话，谈一些久远以前的过去、一些老太太的善举、一些历史的陈迹。尔旋、尔凯、兰姑、纪妈、宜娟……都在客厅里招呼着。雅晴重新从衣橱里取出衣服，没有人注意她的离开，大家并不太热心于从美国归来的小妹妹。明天，尔旋可以很自然地告诉那些亲友们，小妹又回到美国念硕士去了。不久，大家就会把桑桑完全淡忘了。这社会就是这样的，人人都忙，人人都有自己的喜剧和悲剧，再也没时间去注意别人家的事情。小桑子，她也只是沧海一粟而已。她再擦擦眼睛回想起来，奶奶是多么坚强！小桑子、宝贝儿、桑丫头……她却明知道眼前是个冒牌货！为了让尔凯尔旋兰姑纪妈高兴，她把所有的悲哀都隐藏在内心深处，将计就计地跟着大家演戏，甚至，她并没有因为雅晴不是桑桑而少爱她一点。当她生病时，她照样不眠不休地守候在她身边。奶奶！奶奶！奶奶！她心里在低唤着，下意识地看看窗外的天空，湖对面的树林后面，正有一缕炊烟在袅袅升起。她望向天上的白云，奶奶，你在天有灵，会不会想到，现在最强烈地想念着你的人，是那个在你生命最后的六个月中，闯进来的陌生女孩。有人敲门，她来不及回答，门开了。尔旋走了进来。他一面进门，一面说："我注意到你悄悄上楼来了……"

他忽然住了口，呆呆地望着床上的衣服和皮箱。"你要做什么？"他问。

"戏演完了，曲终人散，我也该走了。"她凄苦地说，仍然在想着奶奶，想着那最后的一个圣诞夜，大家跳"迪斯科"，奶奶笑得眼泪都出来了。是他们取悦了奶奶，还是奶奶取悦了他们？尔旋大踏步地走了过来，把箱子用力合上。

"你发疯吗？"他急促地说，"这儿就是你的家，你还要走到哪里去？"

"不。"她看着他，"我必须回到陆家去。"

"你还是要回来的，是不是？"他盯着她，"我们何必多此一举？本省人说，结婚要在热孝里，否则要等三年。大哥已经在和宜娟的父母商量这件事了。我们也速战速决吧，怎样？"

"不管怎样，我要先回到陆家。"

他走近她，注意到她的泪痕了。

"你又哭过了。"他怜惜地说，伸手抚摸她的面颊，"今天，你比我们谁都哭得多。""我很爱哭。"她说，把头埋进了他的肩膀里，泪水又来了，"噢，尔旋，你们不知道奶奶有多伟大，你们不知道！"她热烈地喊着。"傻瓜！"尔旋的鼻子也酸了，声音也哑了，"我们不知道吗？我们总比你知道得更多！否则，也不会安排你来我家了。"他忽然推开她，正色看她："雅晴，你有没有想过，冥冥中的命运到底在安排些什么？我们的相遇相恋，完全因奶奶而起，严格说起来，她老人家在不知不觉中，给我们牵了红线了。"

"在有知有觉中，"雅晴低哼着，"她又何尝不在牵红线呢？"她的声音轻得只有自己才听得见。

"你在说什么？"他问。

"没有说什么，"她慌忙说，"我只是想奶奶，我好想好想她，想起以后再也听不见她叫宝贝儿、桑丫头、小桑子……我就觉得心都扭起来了。"

"雅晴！"他又怜又爱又感动地低唤了一声。

然后，在那相同的悲切里，在那彼此的需要里，在那相惜相怜的情绪里，他们又拥吻在一起了。一个细腻的、温柔的、深情的吻，是彼此的安慰，是彼此的奉献，是彼此的怜惜，也是彼此的热爱……而雅晴，她更深切地在献出自己的心灵——为了奶奶。她深信，奶奶在云端里俯视着他们，奶奶在揉眼睛，奶奶在笑了。她几乎看到奶奶的笑容，漾在眉端眼角的每条皱纹中……房门蓦然被冲开，宜娟喜悦的呼叫声同时传来：

"桑桑！你愿不愿意当我的伴娘……"

她骤然停口，张大了嘴，瞪大了眼睛，不敢相信地看着室内。雅晴慌忙和尔旋分开，也睁大眼睛望着宜娟，一时之间，不知该如何解释。然后，宜娟的身子往后退，嘴里喃喃地说着："我早就觉得不对劲，我……真没想到你们这么……这么病态，你们……你们应该都关到疯人院去！"

说完，她掉转身子，就疯狂地往楼下奔去。雅晴愣了愣，才回过神来，她喊着说："尔旋，你还不去拉住她！她以为我们是精神病了！以为我们兄妹在……"

迟了。他们已经听到，宜娟在神经质地大叫着：

"尔凯！我受不了你家的事！你去看看你弟弟和你妹妹，他们……他们……他们在亲热……"

要命！宜娟啊！你真是个鲁莽的小三八！雅晴推推尔旋，尔旋立即做了个最后的决定，他反身拉着雅晴的手，就直奔到走廊外的楼梯口去，站在楼梯口，他对楼下的人郑重宣布：

"让我向各位介绍一下，这不是桑桑，我的妹妹桑桑已经在三年前去世了，这位是陆雅晴，因为她有些像桑桑，我们请她来哄了奶奶大半年……"

楼下一片哗然。在喧哗、惊奇与纷纷私语中，只有李大夫恍然大悟地拊着手掌，笑了起来。

"怪不得！"他大声说。

"什么怪不得？"他太太在问。

"我一直觉得她不像桑桑，可是不敢说呀。这年头流行整容，鼻子垫高一点儿，下巴弄尖一点儿，化妆再改变一点儿……人就换了样子。可是，上次她生病了，老太太把我找来，我给她打针，发现她有块很明显的胎记不见了。我心里就纳闷儿，这年头，怎么整容整到这个位置来了？……如果胎记在脸上，除去还有道理，在……"

"咳咳咳，"李太太慌忙咳嗽，拍着李医生的肩，"你也老了，看把人家孩子脸都说红了！还不住口呢！"

纪妈用手蒙着嘴，第一个忍不住笑了出来。跟着，更多的人笑了出来。连尔凯也笑了出来，兰姑也笑了出来。丧礼后的悲剧气氛已荡然无存，室内洋溢着惊奇与喜悦。雅晴的脸一直红到脖子上。心想：好哇！你们兄弟千算万算，要我背家谱看照片看幻灯片，复习再复习。你们却不知道桑桑屁股上有块胎记！在大家含笑的、好奇的、惊异的注视与打量中，她觉得自己快变成一件展览品了。大羞之下，她转身就跑，尔旋回头要追，追以前，居然没忘记对大家再交代了一句："还有，我和这位陆小姐已经订婚了，欢迎各位来喝喜酒！"大家哄然了。又笑又鼓掌又叫好。这不是办丧事的日子，这简直是宣布喜事的日子。或者，奶奶的意思就是如此吧！雅晴想着，心里又温暖又酸楚，却已不再悲哀。她确信，奶奶不会希望大家悲哀的，假若她能看到这种热闹的场面，相信她也会加入一角。噢！她确实加入了，雅晴想，她何曾离开过呢？她的精神，她的影响力，她的影子，不是一直在桑家每个角落里吗？她冲进了房间，小电视机仍然开着，荧幕上，有个美丽的女歌星在唱《流水年华》。流水年华，年华似水，总有一天，这歌星也将变老，变得和奶奶一样老，满头白发，满脸皱纹。那时，剩下的只有回忆。那时，你也能像奶奶一样洒脱吗？你也能像奶奶一样坚强吗？你也能像奶奶一样充满了爱心和体贴吗？她看得出神了，想得出神了。然后，由歌星身上，她想到自己：陆雅晴，你有一天也会老，当你年老的时候，别忘了奶奶是怎样的！

尔旋关上房门，把楼下的喧闹和欢笑声关住了。他走过来，从她身后抱住了她的腰，把下巴贴在她耳边，他低声问："这电视就这么好看吗？"

"不要闹！"她忽然说，背脊陡然又僵直了。荧幕上，有个久违了的人出现了。依然是满头乱发，依然是一身随随便便的服装，依然一脸的桀骜不驯，依然有闪亮的眼睛，依然有那份孤独与高傲，他站在那儿，手里拿着一把吉他。有种遗世独立的超然，有种飘然出尘的韵味，有种坚定自负的信念，有种"鹤立鸡群"的出众……那是万皓然！节目主持人在报了：

"今天，我们非常意外而荣幸，能请到最好的吉他歌手万皓然，到我们的节目中来！大家都知道，万皓然有编曲作词、即兴而歌的天才，深受一般年轻朋友的崇拜，他的歌有乡村歌曲的意味，有校园歌曲的风雅……这种天才，几乎是可遇而不可求的……"那主持人还说了些什么，雅晴已经听不见了。她只是瞪视着万皓然。然后，主持人下去了。场景也换了。万皓然坐在一架水车的前面，那水车在不停地转动，一叶叶的木片运转着，运转着，像在运转时间，运转命运，运转一些看不见的东西……万皓然抱着吉他，坐在那儿，四周有轻微的烟雾，把万皓然烘托在烟雾中。"我要为各位唱一支我自己写的歌，"万皓然柔声说，"这支歌是为了纪念一个在我生命中最重要的女孩。"然后，他开始唱了：

> 水车它不停不停不停地转动，
> 将那流水不停不停地送进田中。
> 荒芜的田园得到了灌溉，
> 禾苗儿不停不停不停地迎风飘动。
> 我曾有多少多少多少不同的梦，
> 都早已被命运的轮子碾碎播弄，
> 有个女孩从阳光中向我奔来，
> 送我一架水车要我好好珍重！
> 我把水车不停不停不停地踩动，
> 看那流水将荒芜的沙漠变成田垄。
> 梦儿又一个一个一个重新苏醒，
> 就像那禾苗儿不停不停地迎风飘动。

歌声重复了两次，然后停了。万皓然的头低俯着，镜头推向水车，水车在不停不停地转动，配合着水声的淙淙。雅晴的眼眶湿了，她从没听过他唱得这么动人。即使在"寒星"，他也没有唱出这么多的感情，和这么深刻的韵味。在一阵疯狂的掌声以后，万皓然抬起头来了，他的眼睛闪亮如星辰，他的脸上有着阳光，他拨弄着吉他，在弦声里，他开始说话："许多人以为做梦是一件很无聊的事，寻梦就更加荒唐了。可是，我们谁没有梦呢？曾经有人对我说，当你连梦都没有的时候，你的生命也没有意义了。所以，我唱了刚刚那支歌，送给相信有梦，或者不相信有梦的朋友们，也送给愿意追求梦想或不愿意追求梦想的人。现在，我要为各位再唱一支歌，也是关于梦的。歌词是个很可爱的女孩写的，歌名叫《梦的衣裳》！"他又开始唱了：

我有一件梦的衣裳，
青春是它的锦缎，
欢笑是它的装潢，
柔情是它的点缀，
我再用那无尽无尽的思量，
把它仔仔细细地刺绣和精镶。
每当我穿上了那件衣裳，
天地万物都为我改了模样，
秋天，我在树林中散步，
秋雨梧桐也变成了歌唱。
冬天，我在花园中舞蹈，
枯萎的花朵也一一怒放！
有一天我遇到了他，
他背着吉他到处流浪，
只因为他眼中闪耀的光彩，
我献上了我那件梦的衣裳！
我把衣裳披在他的肩上，
在那一瞬间，在那一瞬间，

日月星辰都变得黯然无光。

我有一件梦的衣裳，

如今已披在他的肩上，

我为他的光芒而欢乐，

我对他只有一句叮咛：

请你请你请你——把这件衣裳好好珍藏！

他唱完了，他的头从吉他上抬起来，眼睛炯炯发光，现场观众掌声雷动。他一直等掌声停了，才静静地站了起来，挺直了背脊，深刻地、从容地说：

"如果你们喜欢我的歌，那是因为我披着一件梦的衣裳，这衣裳会让每个人发亮发光，希望你们，也都能有属于自己的那件梦的衣裳！"观众又疯狂地鼓掌了。镜头拉远，画面淡出，另一个歌星出来了。雅晴伸出手去，关掉了电视。她回过头来，眼睛湿漉漉的，她看着尔旋。"尔旋，你知道吗？他已经成为一颗'巨星'！"

他面容感动，眼光却深深地停驻在她脸上。

"我想，"他沉吟地说，"是你送了他一架水车，是吗？"

"是。"她坦率地回答。

"你不怕我吃醋？"

"你已经有了水车！"

"在哪里？"

"这里！"她把自己投入他怀中。

他抱紧她，感动而震撼。"你送他的，绝不是同一架吧?"他提心吊胆地问。

她笑了，把头埋在他怀里，她轻声叽咕:"奶奶说你会是个好丈夫，我看，你会是个又多心、又嫉妒、又爱吃醋的丈夫!"

"你在叽咕些什么?"他推开她的身子，看她的脸，"我听不清楚。""没什么。"她微笑着，望向窗外的天空，"我在想桑桑和她那件梦的衣裳! 唉，好一句梦的衣裳! 你知道吗? 我也有一件梦的衣裳，用青春、欢笑、柔情……编织出来的衣裳!"

"是吗?"他问。

"是的!"

"你的那件衣裳在哪儿?"

她故作惊讶状地抬头看他。

"怎么? 你没看见吗? 我早就把它送给了你，现在，不正好端端地披在你肩膀上吗?"

他笑了，拥她入怀。夜色正缓慢地布开，夜雾从视窗涌进来，在室内静悄悄地弥漫徘徊。晚风穿过树梢，奏着和谐的乐音，像支美好的歌。这样的夜晚，该是寻梦的好时间吧! 不管你相信有梦，或者不相信有梦，不管你愿意寻梦，或者不愿意寻梦! 每个人总有一件梦的衣裳，在那儿闪闪发光。

——全书完——

一九七九年五月十五日夜初稿完稿
一九七九年七月二十二日初修正

（京权）图字：01-2025-0195

图书在版编目（CIP）数据

梦的衣裳/琼瑶著. --北京：作家出版社，2025.1.
（琼瑶作品大全集）. -- ISBN 978-7-5212-3236-3

Ⅰ. I247.5

中国国家版本馆 CIP 数据核字第 20257CP001 号

梦的衣裳（琼瑶作品大全集）

作　　者：琼　瑶
责任编辑：韩　星　李　雯
装帧设计：棱角视觉　纸方程·于文妍
责任印制：李大庆　金志宏
出版发行：作家出版社有限公司
社　　址：北京农展馆南里 10 号　　　邮　　编：100125
电话传真：86-10-65067186（发行中心）
　　　　　86-10-65004079（总编室）
E-mail: zuojia@zuojia.net.cn
http://www.zuojiachubanshe.com
印　　刷：三河市紫恒印装有限公司
成品尺寸：142×210
字　　数：120 千
印　　张：5.875
版　　次：2025 年 1 月第 1 版
印　　次：2025 年 1 月第 1 次印刷
ISBN　978-7-5212-3236-3
定　　价：2754.00 元（全 71 册）

品 琼 瑶 经 典

忆 匆 匆 那 年

琼瑶作品大全集